集英社オレンジ文庫

ゆきうさぎのお品書き

熱々おでんと雪見酒

小湊悠貴

本書は書き下ろしです。

もくじ

イラスト／イシヤマアズサ

序章

過去のある日の店開き

商い中

三月六日、十七時。

すべての荷ほどきを終えて、雪村大樹《ゆきむらだいき》はゆっくりと立ち上がった。片づけたばかりの室内を見回す。

昨日引っ越してきた祖母の家は、築十七年の二階建てだ。大樹に与えられたのは二階の六畳間で、窓からは手入れされた庭が見渡せる。

実家から運び入れたのは、大きいもので勉強机と本棚、あとはテレビくらいだ。残りは段ボール箱に詰めた衣類や本、雑貨といったこまごまとしたものだった。

数日前に高校を卒業した大樹は、来月には都内の大学に入学する予定だ。

実家は神奈川県にあるが、西部の温泉街である箱根町《はこねまち》から通うと、片道で二時間以上かかってしまう。そこで大学に比較的近いこの家に間借りすることになり、その条件として祖母が営む小料理屋「ゆきうさぎ」を手伝うことになったのだった。

『うちにいらっしゃい。家賃も食費も光熱費もいらないから』

大学に合格したことを知らせたとき、祖母の雪枝《ゆきえ》は電話口でそんなことを言ってきた。

『代わりにお店の仕事を手伝ってほしいのよ。バイトの子が辞めちゃって大変なの』

『手伝うって、前みたいに?』

『そうそう。瑞樹《みずき》と一緒にバイトしてくれたでしょ。あんな感じで』

一年以上も前、大樹と弟の瑞樹は数日間、「ゆきうさぎ」で働いた。本来のバイトが体調を崩して休んでしまい、冬休み中だった孫たちに急遽《きゅうきょ》、お呼びがかかったのだ。

『もともと大きめの家だけど、純《じゅん》さんがいないとほんとに広すぎてねえ。男の子がいれば防犯面でも安心できるわ』

二年前に祖父が亡くなってから、祖母はひとりで暮らしている。

今年で七十四になる祖母はまだまだ元気だし足腰も丈夫だけれど、やはり高齢なので心配だ。実家の両親も気にかけていた。

アパートを探す手間もはぶけ、しかも家賃はゼロ。

そのうえ祖母は、小料理屋の女将《おかみ》だ。祖母がつくりだす料理のおいしさを子どものころから知っている大樹は、二つ返事でバイトを引き受けた。

(この時間だと仕込み中だな)

昨日は水曜だったので店は休みだったが、今日は営業している。

部屋を出た大樹は、階段を下りた。廊下の奥には店につながっているドアがある。

開けるとそこは畳敷きの小さな部屋で、従業員の休憩場所として使われている。奥側のドアの向こうには、倉庫を兼ねた大きめの厨房《ちゅうぼう》があった。カウンター内にも小さな厨房があるけれど、仕込みの時間はこちらを使うことが多い。

厨房に入ると、ふんわりといい香りがただよってきた。反応するかのように、大樹のお腹《なか》が大きく鳴る。

何かを煮込んでいるような、醤油《しようゆ》まじりの甘い匂い。嗅《か》いだとたんに、頭の中に食べたいものが次から次へと浮かんできた。

ほどよく脂身《あぶらみ》がついた牛肉をやわらかく煮て、優しい味わいに仕上げた肉じゃがに、口に入れたそばから舌の上でとろけていく豚《ぶた》の角煮。

出汁《だし》がたっぷり染みこんだナスの煮浸しに、鶏肉《とり》の旨味《うまみ》でコクを出した筑前煮《ちくぜんに》。

コリコリした歯ごたえが癖になるきんぴらごぼうに、旬の魚を使った煮つけ。

――ああ、腹が減った。

大樹が近づいていくと、コンロの前に立っていた祖母が顔を上げた。海老茶《えびちや》色の着物の上には割烹着《かつぽうぎ》。白いものがまじった髪は後ろでまとめられている。

「片づけは終わったの?」

「そんなに大荷物ってわけでもないから。足りないものは買い足せばいいし」

大樹は火にかけられている鍋をのぞきこんだ。落とし蓋《ぶた》をつまんでそっと持ち上げる。

(鶏手羽《とりてば》、レンコン、ニンジンに里芋……)

コトコト煮込まれている鍋を見ると、ますますお腹がすいてくる。

調理台の上に置かれた大皿の上には、定番の肉じゃがはもちろん、ひじき入りの五目豆に揚げ出し豆腐、味噌《みそ》仕立ての煮魚や帆立《ほたて》の酒蒸しといった料理がきれいに盛りつけられていた。今日は通常のお品書きにはない、鴨《かも》肉のローストも並んでいる。

大樹が料理をながめている間も、祖母は忙しく動き回る。それに対して自分はただ突っ立っているだけというのも居心地が悪いので、声をかけた。

「何か手伝えることがあるならやるけど」

「あらほんと？　それじゃコロッケの下ごしらえをやってもらおうかしら」

（コロッケ……）

大樹は軽く首をかしげたあと、途方に暮れた目で祖母を見た。

「……ごめん。何からすればいいのかわからない」

食べることは好きだけれど、大樹はこれまでほとんど料理をしたことがなかった。

実家で出された食事に不満を持ったことは、一度もない。どれもおいしくて、凝《こ》った料理も多かった。だから自分から台所に立とうとは思わなかったのだ。

祖母は「大丈夫よ」と笑うと、コンロの火を消した。冷蔵庫に近づいていく。

「ちゃんと教えてあげるから。先に流しで手、洗っておいてね」

数分後、祖母が用意した食材が調理台の上に並べられた。

男爵《だんしゃく》イモにタマネギ。豚ひき肉と卵。調味料と、衣づけのための小麦粉にパン粉。

そして欠かせないのが、祖母が手づくりしたおからの煮物だ。おからは自家製豆乳を搾《しぼ》ったあとにできる副産物だが、出汁を加えて煮物にすれば、口当たりがしっとりしておいしくなる。そのうえ栄養たっぷりで体によいのだから侮《あなど》れない。

「豆乳といえば前に食べた茶碗《ちゃわん》蒸し、美味《うま》かったな」

「いまの時期はハマグリを入れたいわねえ」

和《なご》やかに話しながら、大樹は祖母が買っておいてくれたエプロンをつける。

「コロッケ、母さんが好きなんだよな」

「たまに連絡が来るわよ。冷凍したものを送ってくれって」

「そういえば、ときどき夕飯に出てたっけ」

おから入りのポテトコロッケは、メンチカツと並んで「ゆきうさぎ」のランチにもたびたび登場する、この店の人気メニューのひとつだ。

祖母の指示を受けながら、大樹はまず男爵イモを皮つきのまま蒸し器に入れた。蒸すことでほくほくとした食感になり、旨味が引き立つらしい。その間にタマネギの皮を剝《む》いてみじん切りにする。ひんやりしているのは、直前まで冷蔵庫に入っていたからだ。

「冷やしておくと切っても涙が出ないのよ。電子レンジで温めるのもいいわね」

「へえ」

たしかに目には染みてこない。細かく切ったタマネギは、油を引いたフライパンでじっくりと炒《いた》め、しんなりしたらひき肉と塩コショウ、そして隠し味にナツメグを加える。蒸し上がったイモは木べらでつぶし、熱いうちに炒めた具材とおから煮を混ぜ合わせた。

タネを俵《たわら》型に丸めて小麦粉、溶《と》き卵、パン粉をつけていけば仕込みの完成だ。

「揚げるのは注文が入ってからね」

祖母はできあがったタネを載せたバットを手に、店のほうへ向かった。カウンターの内側にある簡易厨房の冷凍庫に入れる。さらに大皿の料理を運び入れ、店開きの準備が着々と進んでいった。

「大樹、暖簾《のれん》吊るしてきてくれる？」

十八時少し前になると、祖母が言った。ああと答えた大樹は白い暖簾を持ち、格子《こうし》戸を引いて外に出る。暖簾を吊り下げ、札を「営業中」に替えたとき――

「おお？　どこの男前かと思ったら、大ちゃんじゃねえか」

「こんばんは、彰三《しょうぞう》さん」

声をかけてきたのは、「ゆきうさぎ」の常連客のひとり、久保《くぼ》彰三だった。カーキ色のハンチング帽をかぶり、右手には白いビニール袋をぶら下げている。

祖母と同世代のその人は、大樹の前に立って顔を見上げてきた。

「一年ぶりくらいかねぇ。また雪枝さんの手伝いか。みっちゃんも一緒かい」

「いえ、瑞樹はいないです。昨日、俺だけ引っ越してきて」

大学合格を機にこちらに移り住んだことを伝えると、彰三は「そりゃめでたいな！」と笑った。大樹の背中をばしんと叩く。

「いっそ、大学出たらこの店に就職したらどうだい。そんでゆくゆくは跡継ぎに」

「料理もできない人間に継がせたら、すぐにつぶれちゃいますって」

苦笑しながら一緒に中に入ると、カウンターの内側にいた祖母が微笑《ほほえ》んだ。

「いらっしゃいませ。今夜は一番乗りね」

「どうも。腹減っちゃってさ、店が開くの待ってたんだよー。あ、これ差し入れ」

彰三が祖母に手渡したのは、近所の和菓子屋で売られている、小さな四角いプラスチックケース。中には丸っこいうさぎの形をした練り切りがふたつ入っていた。

「『くろおや』のこれ、雪枝さん好きだろ。あとで大ちゃんと食ってくれや」

「お心遣いありがとう。お返しに今日は一品サービスしますね」

にっこり笑った祖母が、嬉《うれ》しそうにケースを受け取った。彰三がカウンター席に腰かけたとき、ふたたび戸が開く。

「こんばんはー！」

　はつらつとした子どもの声が、店内に響き渡る。

　ショートカットで元気いっぱいといった印象の小学生は、向かいで営業している桜屋《さくらや》洋菓子店の娘、星花《せいか》だった。続けて兄である高校生の蓮《れん》と、ふたりの父親で洋菓子店の主人も入ってくる。蓮は制服らしきグレーのブレザー姿で、主人は私服だ。

「陽《よう》ちゃん、今日は子連れか。女房はどうしたよ」

「うちのカミさん、朝から友だちと日帰りバスツアーに行っちまったんですわ。定休日だから」

　桜屋の主人が肩をすくめる。

「そろそろ帰ってくると思うんですけどね。飯は適当にやってくれって」

「ほー、そりゃ楽しそうだねえ。ま、たまには羽を伸ばすのも必要だよな。――ほれ、こっちに座りな」

「はーい」

　目尻を下げた彰三が手招くと、星花は物怖《ものお》じすることなくカウンターに近づいてきた。彰三の隣の椅子《いす》を引いてちょこんと腰かける。その隣に蓮が座り、子どもたちを挟む形で桜屋の主人が腰を下ろした。

「母さんいなかったのか。昼は何食ったんだ？」

「お昼は給食だよー。五目うどん」

「そういや学校があるんだったな。最近は美味そうなモン食ってんだなあ」

「おいしかったよ。デザートが冷凍みかんでね……」

彰三には孫がいないので、星花と話すのが楽しそうだ。そんな微笑ましい光景を見つめていると、蓮が首をかしげた。

「ところで、なんで大樹がここにいるの？　学校もう春休み？」

「ちょっと前に卒業したんだよ。蓮は一年だからまだ授業あるだろ」

「あ、そうか。なんかあんまり年上って感じがしなくてさ」

ここで暮らしながらバイトをすることになったと言うと、蓮だけではなく星花と桜屋の主人も歓迎してくれた。

「大兄、おばあちゃんと一緒に住むんだぁ。いいなー。だって毎日おいしいご飯が食べられるじゃん」

「大ちゃんが手伝ってくれるなら、女将さんも嬉しいでしょう」

「そうね。やっぱり孫は大きくなっても可愛《かわい》いから。子どもとはまた違う感じなのよね」

優しいその言葉に、大樹のほうが照れてしまう。

（……とにかく、まずはお通しを出さないと）

照れ隠しをするように背を向けた大樹は、冷蔵庫の扉に手を伸ばした。祖母から教わった通りに準備をして、彰三たちの前に角皿を出す。

「どうぞ。お通しです」

「お。板わさか」

彰三が角皿に目を落とした。切り分けた白い蒲鉾《かまぼこ》にすりおろしたわさびを添え、醤油でいただくシンプルな一品で、蕎麦《そば》屋では定番の酒の肴《さかな》だという。

「蒲鉾は昨日、小田原《おだわら》で大樹に買ってきてもらったんですよ。弾力があって、なめらかでおいしいの。生わさびは伊豆《いず》から取り寄せたもので」

「大ちゃんの実家、箱根だっけか。小田原なら通り道だもんな」

名産品の蒲鉾にわさびと醤油をつけて、彰三がぱくりと口に入れる。蓮と桜屋の主人もそれに倣《なら》い、辛いものが苦手な星花は醤油だけをつけて頬《ほお》張った。

祖母がにこにこ笑いながら、お品書きを差し出す。

「さ、どんどんご注文くださいな。いいお酒もそろってるから。今日しかつくってないお料理もありますよ」

「よし！　ふたりとも好きなもの頼んでいいぞ。俺はだし巻き玉子から行くかなぁ」

桜屋の主人が注文すると、蓮と星花も口々に言う。

「じゃ、俺はおからポテトコロッケと鶏手羽の煮物」

「あたし豆乳クリームグラタンがいいな！　あとプリン食べたい」

「おい、プリンならうちでいくらでも食べられるだろうが」

親子のにぎやかな声が響く中、大樹は厨房に入って祖母の手伝いをはじめた。自分で料理をつくることはまだできないけれど、ここで働く以上は、ある程度は覚えなければならない。祖母が暇なときに、少しずつ教えてもらおう。

――いっそ、大学出たらこの店に就職したらどうだい。

（まあ、さすがにそこまではいかないだろうけど）

小さく笑ったとき、ガラガラと戸が開く音がした。

暖簾をくぐった新しいお客が、様子をうかがうように顔をのぞかせる。目が合うと、大樹は笑顔で声をかけた。

「いらっしゃいませ」

ようこそ、小料理屋「ゆきうさぎ」へ――

第1話　晩秋時雨と牛しぐれ

格子《こうし》戸を引いたとき、湿り気を帯びたアスファルトと水の匂いを感じた。

「雨かぁ……」

片足だけ前に踏み出した玉木碧《たまきあおい》は、真っ暗な空を見上げる。十月も後半になり、秋も深まってきた。降りしきる雨も冷たくて、軽く身震《みぶる》いする。

(あ。武蔵《むさし》と虎次郎《こじろう》)

店の軒下《のきした》には、黒と白の毛並みが特徴的な大きめの猫と、小柄なトラ猫がいた。

体を伏せた武蔵は、静かに雨を見つめている。一方の虎次郎は、そんな武蔵の体にもたれかかってうとうとしていた。虎次郎は最近このあたりをうろつくようになったが、武蔵は「愛想《あいそ》はないけど憎めない猫」と、常連客にも顔を覚えられている。

(すっかり看板猫になっちゃって)

武蔵がこちらを向いた。フッと笑った(ように見えた)かと思うと、ふたたび雨に視線を戻す。目が合えばにらまれていた時代とくらべれば、ものすごい進歩だ。

「タマ? どうした」

その場に立ち尽くしていると、背後から大樹《だいき》が近づいてきた。碧の肩越しに外を見る。

「ん? なんだ、雨降ってんのか」

時刻は深夜の零時五分。閉店作業はすでに終わっている。

仕事中、バンダナで押さえつけられていた前髪が少し跳ねていて、気が抜けたその姿がなんだか可愛《かわい》かった。着ているのは襟《えり》つきの長袖《そで》シャツに黒ズボンだ。

「そうなんですよ。来たときは晴れてたのに」

「天気予報、夜半に雨とか言ってたな。自転車で来たのか？」

「はい。小雨《こさめ》ならそのまま帰ってもいいけど、これだとびしょ濡《ぬ》れですね。傘もないし」

大樹は「ちょっと待ってろ」と言うと、店の裏に入っていった。すぐに戻ってきたその手には、透明なビニール傘が二本。

「今日は歩きで帰れよ。送っていくから」

店の外に出た大樹は傘を一本碧に渡すと、もう一本を開いた。

しばらく使われていなかったのか、ばりっという音がする。武蔵はちらりと視線をよこしただけだったが、立ち上がった虎次郎は大樹の足下に近づくと、かまってくれと言わんばかりに鳴きながらじゃれついてきた。

「遊ぶのはあとでな。タマを送るほうが先だから」

大樹の言葉を理解したのか、虎次郎は心持ち残念そうに離れた。おとなしく元の場所に戻ると、武蔵の体を枕にして寝転がる。武蔵は虎次郎に甘いので、されるがままだ。

「タマ、行くぞ」

「はい」

碧が「ゆきうさぎ」で働きはじめてから、一年と五カ月。

家から出勤する場合は、基本的に自転車を使っている。大学から直行する日や天気の悪い日は徒歩で、帰るときは大樹が自宅まで送ってくれるのが習慣になっていた。

受け取った傘を開いて差すと、大樹は戸を閉めて鍵をかけた。武蔵と虎次郎に見送られながら、並んで夜道を歩きはじめる。

身長差があるから歩幅も違うけれど、大樹は当たり前のように、いつもこちらに合わせてくれた。そんなさりげない気遣いが嬉《うれ》しい。

——家に着くまで十五分。

もう少しだけ一緒にいられると思うと、なんだか得をした気分になる。

(何を話そうかな。まだ言ってないこと……)

「あ、そうだ。来月、うちの大学で学祭があるんですよ」

「言われてみればそんな時期だな。俺が最後に参加したのは……五年前？」

自分の言葉にショックを受けたのか、大樹が一瞬ぼうぜんとなる。

「もうそんなに経ったのか……。早いな」

しみじみした表情で言う。口ぶりからして、卒業してからは無縁のようだ。

「その学祭で、ことみのサークルが模擬店を出すんです」

「あれ？　沢渡《さわたり》さんってどこにも入ってないとか言ってなかったか」

大樹が首をかしげる。碧の友人、沢渡ことみは今年の春に「ゆきうさぎ」で臨時バイトをした。そのため大樹とも面識がある。

「五月ごろに入ったんですよ。英語研究部。洋画とか洋書を翻訳《ほんやく》したり、英会話でディスカッションしたり。交換留学生の子たちとも交流してるみたいで」

「へえ、楽しそうだな」

「わたしにはムリですけどね。英語とかドイツ語とか聞くだけで頭が痛くなる……」

中高ともに英語の成績が足を引っ張っていた碧は、遠い目になる。

「真野《まの》さんは？」

「玲沙《れいさ》はバイトかけ持ちしてるから、サークルには入ってませんよ。趣味の漫画はいろいろ描きためてますけど」

夏休みのある日、碧はことみと一緒に玲沙のアパートに泊まりこんで原稿のアシスタントをした。結局徹夜になってしまったが、あれはなかなかおもしろい体験だった。

「バイトしてるとサークルまでなかなか手が回らないんですよね。わたしもそうだし」

「タマはそれでよかったのか？　せっかくの大学生活なのに」

「いいんです。『ゆきうさぎ』のバイト、楽しいから」

そう言うと、大樹は少しだけ目を見開いた。口角がわずかに上がったので、嬉しく思ってくれているのかもしれない。

「雪村《ゆきむら》さんは大学時代、サークルとか入ってました？」

「俺？　弓道部だったけど」

「えっ！　なんかカッコいい」

碧が食いつくと、大樹は「別に普通だろ」と不思議そうな顔になる。

「前に話さなかったか？　実家の近くに道場があって、高校出るまで通ってたんだよ。せっかくだから大学卒業まではやるかなって。精神統一できるし」

「雪村さん、料理しているときの集中力すごいですもんね。そこで鍛えたんだ」

(弓道かぁ……。見てみたかったな。道着似合いそう)

大樹が道場で弓に矢を番《つが》え、的《まと》を見据えている姿を妄想──もとい想像していると、ふいに「タマ」と呼ばれて我に返った。

「ぼーっとしてどうしたんだ？　具合でも悪いのか」

「な、なんでもないですよ。ほら、この通り元気ですから！」

「ならいいけど。で、サークルの模擬店がなんだって？」

話を戻され、碧はようやく本題に入った。

「ことみたち、から揚げのお店を出すそうなんです。でもメンバーの中に、揚げ物が得意な人がいないみたいで。ひとり暮らしでもめったにやらないって」

「まあ、いろいろ面倒かもな。油の処理とか」

「わたしも家じゃたまにしかやらないしなぁ。揚げたては最高なんですけどね」

肩をすくめた碧は「それで」と続ける。

「練習したいから、講師になってくれって頼まれちゃったんですよ……」

「タマが講師？」

「そうなんです。市販のから揚げ粉は使わずに、手づくりの味を売りにしたいみたいで」

「なるほど。アピールできるものがあれば、お客も呼び込みやすいな」

「あとは衣とか下味に、ちょっとしたアレンジが加わったものがあればいいそうです。でも、なんだか責任重大じゃないですか？　わたしでいいのかなって」

話しているうちに、脳裏《のうり》に昼間のできごとがよみがえってくる。

『だって玉ちゃん、小料理屋さんでバイトしてるでしょ。お料理だって雪村さんに習ってるって言ってたよね？　これ以上の適任はいないって』

『うーん……。でもつくるのと教えるのって違うと思うし、上手《うま》くできるかなぁ』

『そこをなんとか。前にお弁当のから揚げ分けてもらったじゃない？　あれすごくおいしかったよ。お願い玉ちゃん、小料理屋さんのから揚げのコツを教えて！』

友だちから頼りにされるのは嬉しい。けれど期待されるぶん、不安も大きいのだ。

（もし微妙な味になって、売れ行きが悪かったりしたら悲しすぎる……）

碧が小さくため息をつくと、何事か考えていた大樹が口を開いた。

「もしよかったら、俺が教えてもいいけど」

「え？」

「水曜とか土日の午前中なら空いてるし、うちの店まで来てくれるなら……。実は俺も、大学時代に同じことやってさ。一年のときだったかな」

昔を思い出したのか、大樹が表情をゆるめた。

「先代に頼んで教わったんだよ。部員に店まで来てもらって。あのときはオム焼きそばだったな。けっこう好評で、売り上げもよかった」

「女将《おかみ》さん直伝……！　いいなあ。わたしも食べてみたかった」

「から揚げなら、コツさえ覚えればそんなにむずかしくもないし。もちろん、タマたちがよければだけど」

大樹が講師になってくれるなら、なんの心配もいらない。きっとおいしいから揚げができるだろう。むしろ、自分も教えてほしいくらいだ。

すぐさま飛びつきそうになったが、碧は大樹を見上げた。「でも」とつぶやく。

「いいんですか？　せっかくのお休みなのに」

「一日ごろごろしてるだけってのも、つまらないだろ」

けれど、大樹が休日にずっと寝転がっているわけではないと知っている。こちらに気を遣わせないためだろう。その厚意に感謝しながら、碧は微笑《ほほえ》んだ。

「ありがとうございます。あとでことみに連絡しておきますね」

わかったとうなずいた大樹は、そこで話を終わらせた。新しい話題をふってくる。

他愛もない話をしているうちに、自宅のマンションが見えてきた。

築十三年の五階建てで、玉木家は三階の角にある。家のある場所を見上げると、リビングに電気がついていた。父がまだ起きていて、碧の帰りを待っているのだ。

十五分なんてあっという間だ。出入り口までたどり着くと傘を閉じ、外に向けて軽く水滴を飛ばした。お礼を言って大樹に返す。

「寒くなってきたから、風呂入ってすぐに寝ろよ」

「雪村さんも、風邪引かないように気をつけてくださいね」

「そうだな。――じゃ、おやすみ」

口の端を上げた大樹は碧に背を向け、来た道を戻りはじめた。ビニール傘を差した後ろ姿が、少しずつ遠ざかっていく。

(お店に戻ったら、虎次郎と遊んであげるのかな。武蔵にもご飯をあげて)

——おやすみなさい、雪村さん。

外はひんやりしていたけれど、心はじんわりあたたかい。大樹の姿が完全に見えなくなると、碧は自動ドアをくぐってマンションに入った。

そして、土日を挟んだ月曜日。

講義を終えた碧が教室を出ると、「玉ちゃん」と声をかけられた。この時間は講義がなく部室に行っていたことみが、はじめて目にする女性と一緒に近づいてくる。

「模擬店の件、部長に話したらぜひ教えてほしいって。いいかな?」

「うん。雪村さんに言っておくね。今日ちょうどバイトだから」

「急にこんなこと頼んでごめん! でも助かっちゃった。申請したはいいけど、いざやってみたら意外とむずかしくて」

部長だという茶髪の女性が、両手を合わせて謝るようなポーズをとった。

「玉木さん、小料理屋でバイトしてるんだって？　ご主人に教えてもらえるなんて贅沢《ぜいたく》だけど、ラッキーだわ。口利きしてくれてありがとね」

「雪村さんはプロだから、きっとわかりやすく教えてくれますよ」

「大勢で押しかけても迷惑だろうし、たぶん三、四人くらいでお邪魔させてもらうと思うけど。よろしく伝えておいて」

「わかりました。時間とか決まったらことみに伝えますね」

よろこんでもらえてよかった。碧はほっと胸を撫《な》で下ろす。

腕時計を見ると、時刻は十六時十五分。今日のバイトは十八時からだが、その前に自宅に帰って、父のために夕食の支度をしておかないといけない。

ことみたちと別れた碧は、家に戻ると母の仏壇《ぶつだん》に手を合わせてから、キッチンに向かった。冷蔵庫にはベビー帆立《ほたて》のパックが入っている。大学に行く前、冷凍庫から移して解凍しておいたものだ。今日はこれをメインにして、おかずをつくろう。

石づきをとったしめじは食べやすい大きさに裂いて、バターを溶かしたフライパンでベビー帆立を炒《いた》める。しめじを加えてバターを追加し、醤油《しょうゆ》を回しかけて味を染みこませると、食欲をそそるいい香りが広がった。

コクのあるバターと濃厚な醤油。この組み合わせがおいしくないわけがない。

（お腹《なか》すいたー。わたしはパスタにしよう）

冷蔵庫にはつくり置きしておいた、ほうれん草のゴマ和《あ》えが入っている。お米は研《と》いであるので、あとは予約スイッチを押すだけだ。

豆腐と大根の味噌《みそ》汁をつくっている間に、たっぷりの水にひとつまみの塩を入れた鍋を隣のコンロに置き、一・五㎜の細麺《めん》パスタを茹《ゆ》でる。アルデンテに茹で上がったパスタにさきほどの炒め物と同じ材料を加えて、大きなフライパンでからめていった。

二人前をペロリと平らげた碧は、いつものように自転車を漕《こ》いで「ゆきうさぎ」に向かった。大樹はカウンターの内側にいて、ご飯の炊《た》き上がりを確認している。

「うわあ、今日は栗ご飯ですか！　おいしそう……」

「秋だしな。丹波《たんば》の栗だから香りもいいだろ」

つややかに炊き上がったお米と、ほっくりとした大粒の栗。ほんわり甘い香りがただよってきて、食べてきたばかりなのにお腹が減ってくる。

「今日のおすすめは秋刀魚《さんま》の梅シソ巻きと、戻り鰹《がつお》のタタキ。初鰹も最高だけど、これもいい具合に脂《あぶら》がのってるぞ。俺はおろしポン酢と薬味でさっぱり食べるのが好きだな」

「うう……。想像しただけで食欲増進……」

「あとは舞茸《まいたけ》の天ぷら。昨日すだち塩つくっておいたから、注文あったら一言添えて。デザートは洋梨と白ワインのゼリー。覚えた？」

「バッチリです！　いいですねえ……。秋って感じ」

ミーティングが終わると開店時刻となり、ぽつぽつとお客が入りはじめた。

「いらっしゃいませ！」

二十時近くになったころ、戸を引いてひとりの女性が入ってきた。

キャメル色のキャスケットを目深《まぶか》にかぶり、うつむき加減なので顔がよくわからない。少しぽっちゃりした体つきで、頬《ほお》もふっくらしている。服装や肩掛けにしているバッグのデザインから、二十代くらいだろうとは思ったが定かではなかった。

カウンターのほうにちらりと目をやった女性は、「あの」と小声で言う。

「あそこ、座ってもいいですか？」

彼女が示したのは、奥にある小上がりだった。団体客が帰ったばかりなので、どこでも空いている。ひとり客ならカウンター席をすすめようと思ったのだが、人によっては店主と距離の近いそこを苦手とする場合もあった。

「お好きな席でかまいませんよ。どうぞ」

パンプスを脱いで座敷に上がった彼女は、カウンターに背が向く席に腰を下ろす。キャスケットをとって膝《ひざ》の上に置いてから、お品書きに手を伸ばした。

彼女の左手の薬指には、シンプルな銀の指輪。結婚している人のようだ。

厨房《ちゅうぼう》に戻ると、中にいたもうひとりのバイト、ミケこと三ケ田《みかた》菜穂《なほ》が顔を上げた。

「さっきのお客さん、小上がりに行かれました？　お通し、私が出しますね」

手早く準備をととのえた菜穂は、熱いお茶を淹《い》れた湯呑《ゆの》みとおしぼり、お通しの皿を載せた盆を持ってカウンターの外に出た。少し経ってから伝票を片手に戻ってくる。

「大樹さん、ご注文でーす」

口頭で注文を聞いた大樹は、「ん？」と首をかしげた。

「麦焼酎《じょうちゅう》、卵黄の味噌漬け、おからポテトコロッケ、牛肉のしぐれ煮？」

「ええ。間違いないですけど……」

別におかしな注文でもないのに、何が引っかかったのだろう？

「雪村さん、どうかしたんですか？」

「いや、別に……。たいしたことじゃない」

大樹はそれ以上何も言わずに、注文品の準備をはじめる。しつこく訊《き》くのも気が引けたので、碧は黙って手伝いに入った。

裏の大きな厨房に入った碧は、指定された銘柄の麦焼酎をグラスに注いだ。続けて冷蔵庫から、卵黄の味噌漬けを保存してあるステンレスバットをとり出す。

（これ、白いご飯と一緒に食べると最高なんだよね）

透明感が出て、つやつやしたべっこう飴《あめ》のような琥珀《こはく》色になった卵黄を見ていると、自然と口元がにやけてくる。

酒と砂糖を加えた味噌に、新鮮な生卵の黄身を三日間つけこんだ味噌漬けは、ここで働きはじめてから存在を知った料理のひとつだ。最初に口にしたときは、粘り気のある濃厚な味にハマって思わずご飯を三杯お代わりしてしまった。

「タマさん、ご飯食べてこなかったんですか？　すごいお腹の音」

「賄《まかな》いの時間が待ち遠しい……」

準備ができたものから菜穂に運んでもらい、ごぼうが入ったしぐれ煮を温め直す。その間に、パン粉までつけてある俵《たわら》型のコロッケを、大樹が菜箸《さいばし》で挟んで鍋に入れた。揚げ物特有のじゅわっという音が、碧の食欲を刺激する。

良質なオリーブオイルできつね色に揚げるコロッケは、余分な油を吸わない。衣はさくっと軽く、食べたあとに胃がもたれることもなかった。

運ばれた皿に箸をつけた女性は、黙々と料理を平らげていった。

春雨《はるさめ》サラダと白米、カボチャの甘煮を追加すると、麦焼酎が好きなのか、もう一杯お代わりして豪快に飲み干した。最後にデザートもきっちり頼んでくる。

食事を終えた彼女は、やはりうつむいたまま代金を支払い、帰っていった。女性にしてはよく食べていたけれど（人のことは言えないのだが）、それ以外は特に変わったところのない、ごく普通のお客さんだった。

しかし、それから三日後の木曜日——

（あれ？）

二十時十五分ごろにやってきたお客を見て、碧は既視感を覚えた。

帽子はかぶっていないし、髪型や服装も違うけれど、三日前に来たあの女性だ。今日は黒縁の眼鏡をかけていて、肩より少し長い髪は、控えめなハーフアップにしている。

ふたたび同じ席に案内して、受けた注文は……。

「麦焼酎、卵黄の味噌漬け、おからポテトコロッケ、牛肉のしぐれ煮か」

碧が告げた言葉を繰り返した大樹は、少し考えるようなそぶりを見せてから厨房を出て行った。座敷と床の境目に立ち、腰をかがめて彼女に何事か話しかけている。

——雪村さんの知り合いなのかな。

気になってそわそわしていると、しばらくして大樹が戻ってきた。背後から小さなバッグを胸に抱いた女性がついてきている。

「ほら。ここに座れ、ひかる」

「うん……」

ひかると呼ばれた彼女は、大樹が引いたカウンター席の椅子《いす》に腰を下ろした。


「えっ、弟さんの奥さん？」

大樹から教えてもらった女性の正体に、碧は目を丸くした。うなずいた彼女は「これどうぞ」と、一枚の名刺を差し出す。

（雪村ひかる……。ほんとだ。苗字《みようじ》が同じ）

「ここに書いてある『風花館《かざはなかん》』って、雪村さんの実家でしたよね？」

「ああ」

雪村家が箱根《はこね》で旅館を営んでいることは、前に聞いたことがあったので知っている。大樹の母、毬子《まりこ》が女将をつとめていて、弟夫婦が後継者になったとも。

『はじめは長男の俺が継ぐ予定だったんだけどさ。この店で働いているうちに、こっちを継ぎたくなったんだよ。それで両親や瑞樹《みずき》と話し合って』

実家のほうは一歳下の弟が継ぐと言ってくれたので、大学を卒業した大樹は「ゆきうさぎ」で本格的に働くことになったのだという。

円満に解決したので、実家とはいまも普通に交流がある。祖母を亡くしたとき、大樹は三カ月間「ゆきうさぎ」を閉めていた。その間は実家に戻り、旅館の板長《いたちょう》のもとで修業をしていたらしい。そこでさらに腕を磨いてから、店を再開させたのだ。

「瑞樹とひかるが式挙げたのは、五月の終わりくらいだったかな」

「そういえばそのころ、一日だけ臨時休業になりましたね」

たしか彼は、弟の結婚式と披露宴に出るからと言っていた。

碧はまだ瑞樹本人に会ったことはないのだが、写真は大樹に見せてもらった。もちろんひかるも写っていたけれど、白無垢《しろむく》やウエディングドレスといった華やかな装いだったからか、目の前にいる彼女とは少し印象が違う。結婚式のときのほうがメイクもくっきりしていたし、痩《や》せていたからかもしれない。

それに、写真では幸せそうに笑っていたが、今のひかるの表情にはどことなく翳《かげ》りがあるような気がする。自分の結婚式なら幸福の絶頂だっただろうし、普段とくらべるのもどうなのかとは思うけれど。

眼鏡（度は入っていないらしい）をはずしたひかるは、なつかしそうに目を細めた。

「あれからもう五カ月経ったんだ……。大くん、お店休んで来てくれたんだね」

――大くん？

親しみがこもった呼び方に、思わずどきりとしてしまう。大樹も彼女のことを名前で呼んでいるし、少し前に義理の兄妹《きょうだい》になったわりには距離が近いような……。

（き、気になる。なんか気になる。訊いてもいいかな）

「あの……。もしかして、雪村さんたちって前から親しかったりします？」

思いきってたずねてみると、大樹とひかるはきょとんとしたような表情になった。碧と目を合わせた大樹が、「まだ言ってなかったな」と笑う。

「俺たち、小中学校の同級生なんだよ。家も近所で」

「私は中三のときに引っ越したから、もうご近所さんじゃないけどね」

苦笑したひかるが、麦焼酎が入ったジョッキに手を伸ばした。

彼女は雪村家の近くに住んでいたが、自動車事故で両親を亡くし、東京の親戚の家に引き取られたそうだ。口調はさらりとしていたけれど、当時はつらかったに違いない。母を喪《うしな》ったときの深い悲しみを思い出して、碧の胸がずきりと痛んだ。

「次に会ったのはいつだっけ。中学の同窓会？」

「成人式だよ。その六年後に結婚の挨拶《あいさつ》に来たもんだから、おどろいた」

「ああ、今年のお正月ね。私もまさか、大くんが義理のお兄さんになるなんて思わなかったよ。人生、何が起こるかわかんないね」

「そりゃこっちの台詞《せりふ》だ。瑞樹のやつ、ぎりぎりまで何も言わなかったんだぞ」

おかしそうに笑ったひかるが、「恥ずかしかったみたい」とフォローを入れる。

「そういう話、大くんたちはしないんでしょ？　だからなおさら」

「成人式で地元に戻ったとき、うちに遊びに来て再会したんだろ。まあ、婚約するまで気づかなかった俺も鈍いんだけどさ」

「みっちゃん……じゃなくて瑞樹くん、大くんより控えめだし。照れ屋なのよ」

ぽんぽんと交わされる言葉。お互いの子どものころを知っているからなのか、ふたりの間に流れる空気は気安くてやわらかい。

桜屋《さくらや》洋菓子店の星花《せいか》とも似たような雰囲気だが、彼女とは年齢が十近く離れているため兄と妹という印象が強い。けれど同い年のひかるとは、星花よりも対等な感じがする。

(雪村さんの幼なじみ……。いいな。ちょっと憧れる)

同じ学校に通い、同じ教室で授業を受けて。家が近所だったなら、小さなころは一緒に遊んだこともあっただろう。碧が知らない大樹の子ども時代をひかるは知っているのだと思うと、彼女がうらやましくなってくる。

眼鏡をケースにしまいながら、ひかるはばつが悪そうな顔になった。

「でも、やっぱり気づいてたんだ。この前は何も言ってこなかったから、バレてないのかなって思ってたのに」

「あの組み合わせで二回も注文されたら、さすがにわかるだろ」

「そうだよねえ。なんかごめんね。混乱させるようなことしちゃって」

話がわからず首をかしげる碧に、大樹は種明かしをしてくれる。

「ひかるが頼んだ料理、うちの家族の好物なんだよ。卵黄の味噌漬けは父親で、コロッケは母親。しぐれ煮は瑞樹で、麦焼酎は見ての通り」

「なるほど……」

だからあのとき、大樹は何か引っかかったような顔をしていたのか。

一回目で声をかけなかったのは、ひかる自身が何も言ってこなかったからだという。放っておいてほしいのかと思って黙っていたが、彼女はふたたびやってきた。やはり気になったので、話しかけることにしたそうだ。

「ちょっとね、食べてみたかったの。お義母《かあ》さんたちが好きな料理」

ひかるは大樹がつくったしぐれ煮に目を落とす。

小鉢に入ったそれは、ささがきにしたごぼうと牛の切り落とし肉を煮詰めた、定番の一品だ。煮汁の味がしっかりついているので、ご飯との相性は抜群。ほかほかの白米の上にのせて、溶《と》いた卵をからめて食べても最高だ。

「お義父《とう》さんも瑞樹くんも、『ゆきうさぎ』で食べるものが特においしいって言ってたから。どんな味なのか知りたくなって、ここまで来ちゃった。どうせ暇だしね」

「でも、雪村さんの実家から来たなら遠かったんじゃないですか？　いくらお仕事が休みとはいえ、こんな時間じゃ帰るのも遅くなるだろうし……」

何気ない碧の言葉に、ひかるは小さく肩を震わせた。目をそらし「うん、まあ」と歯切れの悪い返事をする。気に障《さわ》ることを言ってしまったかと思ったが、何が悪かったのかわからない。内心でうろたえていると、大樹が口を挟んできた。

「焼酎飲んでるし、車で来たってわけじゃないだろ。電車だと二時間以上かかるけど、終電とか大丈夫か？」

「時間は調べてあるから平気。遅くなるって瑞樹くんにはちゃんと伝えてる」

早口で言った彼女は、そこで話を打ち切った。あまり触れてほしい話題ではなさそうだったので、大樹も碧もそれ以上は何も言わなかった。

(けど、ほんとにご飯を食べるためだけにここまで来たのかな……？)

碧の視線の先で、ひかるは小鉢を手に取った。箸でつまんだしぐれ煮を口に入れる。

じっくりと味わうように嚙《か》みしめて、やがてほうっと息を吐く。

「甘めだけど生姜《しょうが》がきいてて、すごくおいしい。母の味って感じ」

「母っていうか、祖母の味だけどな。俺の場合」

「大くん、お義母さんからお料理教わらなかったの？」

「料理はぜんぶ、ここの先代から習ったんだよ。実家にいたときは食べる専門だった」

「そうなんだ。板長さんの賄い、どれもおいしいもんね。私もよくお世話になってる。おかげでほとんど料理はしないなー」

ひかるが自嘲《じちょう》気味に言うと、大樹は「しかたないだろ」と返す。

「夜遅くまで仕事があるんだからさ。うちの親だって毎日は無理だったぞ」

両親が忙しいため、大樹と瑞樹は幼いころから、旅館の従業員に出される賄いで食事をすませることが多かったそうだ。

大樹の舌が肥《こ》えているのは、賄いとはいえ一流の料理人がつくるものを、日常的に口にしていたからなのだろう。母親も暇を見つけてはいろいろ手づくりしてくれたので、当時は自分で料理をつくる気にはならなかったらしい。つまりそれだけ、用意された食事に満足していたということだ。

ふいに箸を止めたひかるが、わずかに目を伏せた。小さなつぶやきが漏《も》れる。

「でも、私も少しはご飯つくらないと。ただでさえ役に立たないのに、家事もろくにできないんじゃ、いつか愛想尽かされちゃう……」

「え？」

はっと顔を上げた彼女は、「なんでもない」と首をふった。何かをごまかすかのように、残っていたジョッキの中味を一気に飲み干す。

「大くん、麦焼酎もう一杯」

「おい、あんまり飲みすぎるなよ。帰りは電車なんだろ」

「大丈夫だってばー。私がお酒にめちゃくちゃ強いこと知ってるでしょ！」

彼女は陽気に笑ったが、碧の目にはどこか無理をしているように見えた。

来店して一時間ほどで、ひかるは「ゆきうさぎ」をあとにした。

時刻は二十一時半になろうとしている。二人組のお客を見送った大樹は、「三分だけ離れる」と言って、携帯を片手に裏の厨房に入っていった。

「瑞樹さんですか？」

戻ってきた彼に訊くと、予想通り「ああ」という答えが返ってくる。

「だいたいこの時間に着くはずだって言ったら、駅まで迎えに行くってさ」

「そっか。なら安心ですね」

「うちの実家、駅からちょっと距離あるしな。夜中に酔っぱらいひとりで歩かせるのは心配だったし、よかったよ」

携帯をエプロンのポケットに押しこんだ大樹は、ふたたび仕事にとりかかる。

それからは何事もなく時間が過ぎ、二十三時の閉店を迎えた。

座敷で大樹と向かい合って料理の残り物を平らげてから、片づけをはじめる。大樹が売り上げの計算をしている間に、食器を洗って軽く掃除をするのが碧の仕事だ。

洗い終えたお皿を布巾で拭《ふ》いていると、店内に甲高い着信音が響いた。シンプルなそれは、碧のものではない。

「俺か」

テーブル席に座って伝票整理をしていた大樹が、自分の携帯を耳にあてる。瑞樹？　と呼びかけたので弟からの電話なのだろう。

（ひかるさん、駅に着いたのかな）

何事か話していた大樹は、しばらくして通話を切った。厨房にいる碧と目が合うと、「瑞樹からだった」と教えてくれる。

「いま、ふたりで家に帰ってきたところだって」

「やっぱり遠いんですねえ……。もうすぐ日付変わりますよ」

碧は掛け時計に目をやった。

ひかるが店を出たのは、二十一時半より前のはず。たまの休日に、食事をするためだけに往復四時間以上もかけるなんて、自分だったらためらってしまうけれど。

「明日に響かないといいですね。ひかるさん、だいぶ飲んでたし。今日が休みなら明日はお仕事ありますよね？」

「いや……」

大樹の表情が曇った。伝票をまとめてから立ち上がり、こちらに近づいてくる。

厨房に入ってきた彼は、碧が拭き終わった食器を手に取った。棚に戻しながら「瑞樹から聞いたんだけど」と口火を切る。

「ひかる、先週から仕事に行ってないみたいだ。……っていっても無断欠勤とかじゃなくて、うちの母親がストップかけてるらしい」

――雪村さんのお母さん……。

碧の脳裏に、前に見せてもらった結婚式の写真が浮かび上がる。

その中には黒留袖《くろとめそで》を身に着けた大樹の母、毬子も写っていた。大樹から聞いていた年齢よりも若く見え、切れ長の目尻が雪村兄弟とよく似ていた。

「どこか具合が悪いとか？　さっきはそんな感じには見えなかったけど……」

「瑞樹が言うには、精神的な問題みたいだな。朝起きて仕事に行こうとしたら、頭痛がしたり気持ち悪くなったりするって」

けれど病院で診てもらっても、身体《からだ》の異状はなかったという。

「あとは最近、ちょっと過食気味になってるらしくて……」

「過食？」

「スナック菓子とか甘いものとか、どこかで買いこんで夜中にこっそり食べてるみたいなんだよ。少しなら問題ないだろうけど、けっこう大量に。瑞樹にバレないように隠してあったのを見つけたって言ってた」

「それは……心配ですね」

「ひかる、結婚式の写真より太ってただろ。幸せ太りならまだしも……」

顔色も優れなかったのは、不健康な食べ方をしているからなのだろう。夜中に大量のお菓子を食べているのなら、朝には胃もたれして具合も悪くなりそうだ。

食器を棚に戻し終えた大樹は、碧の隣に立つとため息をつく。

「たぶん旅館の仕事がストレスになったんだと思う。あいつ、大学のときからフリーのイラストレーターやってたんだよ」

「え、そうなんですか？　すごい！」

「でも、結婚するときに辞めたって聞いてる。うちの家業と両立させるのはむずかしかったのかもな。接客業の経験がないから、新しい仕事覚えるだけで精一杯だろうし」

「ああ……たしかに」

碧も「ゆきうさぎ」で働きはじめたときは、右も左もわからずに、おろおろするばかりだった。早く一人前になりたくて頑張ったけれど、最初は空回りして失敗してしまったこともたくさんあった。そのたびに自己嫌悪で落ちこんだものだ。

（ひかるさんは旅館の若女将さんだから、わたしの何倍も大変そう……）

常に多くのお客と接して、おもてなしする仕事だ。想像することしかできないが、きっと毎日気を張っていたに違いない。

慣れない仕事を続けるうちに、その緊張の糸が切れてしまったのだろうか。

「で、様子がおかしいって気づいた瑞樹が母親と話して、しばらく休ませようってことになったらしい。それが先週の金曜」

「じゃあひかるさん、もう一週間近く仕事行ってないんだ」

「無理してもっとひどくなったらまずいだろ」

ひかるの体調を心配した瑞樹たちは、具合がよくなるまで仕事を離れて好きなことをしていいと言ったそうだ。

だが彼女は何をするでもなく、三日間家に閉じこもっていた。そして月曜の夜になってから、ようやく出かけていった先が――

「『ゆきうさぎ』だったんですね」

「ああ。飯食って気分転換になったならいいんだけど」

店の中にいるとき、ひかるがどこか気まずそうにしていたのは、そんな事情を抱えていたからだったのだ。大樹が声をかけるまで他人のふりをしていたのも、何があったか知られたくなかったからなのかもしれない。

（なんとなく……わかるような気がする。ひかるさんの気持ち）

母を亡くしてしばらく、碧は食欲を失っていた。普段は人よりもよく食べていたのに。そしてそれを、父には黙っていた。結局バレてしまったが、余計な心配をかけたくなかったのだ。自分は異常なのだと、誰かに知られるのも怖かった。たぶん、ひかるも似たような心境だったのだろう。

自分は拒食だったけれど、反対に食べ過ぎてしまうというのも苦しそうだ。生きている限り、毎日の食事は欠かせないもの。それが苦痛になるのは本当につらい。

「気分転換、きっとできましたよ。だって雪村さんがつくった料理、どれも最高だから」

碧はあえて明るく笑った。別に根拠もなしに言ったわけではなく。

「わたし、ここでご飯を食べると、いつもすっごくいい気分になるんです。じんわり『幸せだなー』って思えて。少なくともわたしはそうなります」

「でもタマ、もう一年半近くここにいるだろ。飽きたりしないか？」

「飽きませんよ。そこは断言しちゃいます」

洗い物を終えた碧は、残り物を詰めたタッパーを大事に抱えた。

「常連さんだってそう思ってるから、何年も通ってくれてるんですよ。わたしなら百年食べ続けてもいい感じ！」

大樹は軽く目を見開いた。「百年か」と笑う。

(う。ちょっと大げさだった？　でも本気で思ってるし)

ふいに、左肩をぽんと叩かれた。顔を上げると大樹と目が合う。

「ありがとな」

その表情が嬉しそうだったから……。

おいしいご飯を食べているときのように、ふわりと幸せな気分になった。


何度もしつこく鳴り響くアラームがうるさい。

布団の中から手を伸ばしたひかるは、枕元のスマホを探り当てて音を止めた。寝ぼけ眼《まなこ》でディスプレイを見れば、時刻は朝の八時半を示している。

——私、いつベッドに入ったんだっけ？

上半身を起こして、気がついた。服が昨日のままだ。化粧も落としていない。

「うわ……。最悪」

ひかるは鈍く痛む眉間《みけん》を押さえた。

駅まで迎えに来ていた瑞樹と一緒に帰って、ベッドに倒れこんだところまでは憶えている。それから先の記憶がないから、そのまま眠ってしまったのだろう。布団をかけてくれた瑞樹は、もう仕事に行っているはず。

自己嫌悪に駆られながら、ひかるはベッドを抜け出した。タンスから引っぱり出した着替えを抱えてバスルームに向かう。

ひかると瑞樹が住んでいるのは、旅館の敷地内にある二世帯住宅の二階部分だ。

結婚が決まったとき、瑞樹の両親は古い家を取り壊して、大きな家を建て直した。二世帯住宅にしたのは「子どもができるかもしれないし、完全な同居よりは気楽だろう」と、ひかるを気遣ってくれたからだ。

シャワーを浴びて着替え、髪を乾かそうとしたとき、洗面台の鏡が視界に入った。

ここ二カ月は、怖くて体重を測っていない。確実に五キロ以上は増えているはず。そんな自分を直視できなくて目をそらしたひかるは、鏡を見ずにドライヤーを使った。

ダイニングに入ると、テーブルの上にラップがかかった皿が置いてあった。ハムとチェダーチーズを挟んだイングリッシュマフィンに、ちぎったレタスとミニトマトのサラダ。

皿の横にはメモ用紙が一枚添えられている。

『ホットサンド』

見慣れた瑞樹の走り書き。ホットサンドにして食べろと言っているのだろう。

忙しい朝に、自分のぶんまで用意してくれたのだ。一方の自分は、酔っぱらって帰ってきたあげく、瑞樹を見送ることもせず寝過ごしていたなんて。

(ゆうべはすぐ寝ちゃったから、お菓子は食べずにすんだけど)

ストレスがたまると口寂しくなるのは、昔からの癖だった。

でも最近は、自分でも度を越しているとわかっていた。気がついたら駅前のコンビニに駆けこんでいて、カゴいっぱいに食べ物が入っていたこともある。

ポテトチップスに煎餅《せんべい》。チョコレートに箱入りクッキー。各種コンビニスイーツ。それらを瑞樹が寝てからキッチンの隅《すみ》で一気に貪《むさぼ》るのだから、どうかしている。

それでもやめられなくて、どんどん太っていくひかるの姿を不審に思った瑞樹に、隠していた大量のお菓子の袋を見つけられたのが数日前のこと。もう黙っていることはできずに、すべてを白状するしかなかった。

話を聞いた瑞樹は心療内科へ行こうと言ったが、ひかるはそれを拒否した。

『私、そこまでひどくないよ！　そんなとこ絶対行かないからね』

もう自力では治せない気はしていたが、病院は抵抗があった。

若女将が心療内科にかかっているなんて、従業員や宿泊客に知られたらどうする？　妙な噂《うわさ》が立って、義父や義母、瑞樹に迷惑をかけるのは嫌だった。これ以上、雪村家のお荷物にはなりたくない。

全力で拒絶すると、瑞樹は困ったような顔をしたが、無理強《じ》いはしなかった。お菓子は没収され、できるだけ買うなとは言われたけれど。

夜中に過食をしなかったせいか、今朝は胃もたれを感じない。

ひかるは買ったばかりのホットサンドメーカーを出して、マフィンを焼いた。ほどよく焦げ目がついた熱々のマフィンをかじる。

こんがり焼けた外側はさくっと歯が入り、中はふんわりやわらかい。とろけたチーズとハムの塩加減が絶妙だ。黒胡椒《こしょう》のぴりりとした風味がアクセントになっていて、マスタードバターの辛さとコクも旨味《うまみ》を引き立てている。

（おいしい……けど、また太りそう）

せっかく瑞樹がつくってくれたのに、そんなことを思ってしまう自分が嫌だ。

朝食を平らげたひかるは、気合いを入れ直して洗濯に取りかかった。仕事を休んでいるのだから、せめて家事はしっかりやらなければ。

洗濯機を回している間に、朝食の片づけをして掃除機をかける。洗い終えた洗濯物を干し、家中を丁寧に磨き上げていると、いつの間にか正午近くになっていた。

疲れてリビングのソファに沈みこんだとき、玄関のチャイムが鳴る。

（誰だろ。宅配便？）

重たい体をひきずって、玄関に向かう。ドアを開けた先には――

「お義母さん！　どうしたんですか？」

そこに立っていたのは、義理の母である毬子だった。

仕事の途中で抜け出してきたのだろう。江戸《えど》紫《むらさき》の色無地《いろむじ》に袖を通し、背筋を伸ばしてたたずむ姿は、ほれぼれするほどきれいで格好よかった。

身長はひかると同じ百六十前後だが、自分とは違って細身で、顎《あご》のラインもすっきりしている。五十五歳には見えない若々しさで、美人女将として雑誌に取り上げられたこともあるくらいだ。

「ひかるちゃん、お昼ご飯は？」

「え、まだですけど」

「ならこれ、食べなさい。ゆうべの残り物とか、今朝つくったもの入れておいたから」

毬子は抱えていた小さな包みを、ひかるに手渡した。もしかしなくても、これを届けるためにここまで来たのだろうか。

「あらら、いけない。もう戻らなきゃ」

腕時計に目をやった毬子は、「このあと打ち合わせがあるのよ」と笑う。

女将がやるべきことは、宿泊客を送り迎えするだけではない。

従業員のスケジュールを管理して、円滑に業務がこなせるよう段取りをつけるのも大事な仕事だ。館内の様子を把握《はあく》し、宿泊客が快適に、楽しく過ごせるよう最大限の心配りも欠かせない。事務などの裏方仕事も意外に多く、一日の仕事は山積みだ。

けれど疲れはいっさい表に出さず、笑顔でおもてなしをする。それが女将だ。

その女将を補佐するのが、後継者である自分の役目なのだが……。

「じゃ、行くわね。――あ、そうだ。午後から雨みたいだから、洗濯物は早めに取りこんだほうがいいわよー」

「わざわざありがとうございました」

階段を下りていく毬子を見送ったひかるは、包みを持って家に戻った。

（お義母さん、パンダ好きなの？）

包みに使われているのは、可愛いパンダと笹模様のガーゼの手ぬぐい。

結び目をほどくと、楕円《だえん》形の弁当箱があらわれた。木製の曲げわっぱで、毬子がときどき休憩室に持ってきているのを見たことがある。

ひかるはダイニングテーブルの上に置いた弁当箱の蓋《ふた》を、そっと開けた。

一口大にカットされた鮭《さけ》の照り焼きに、牛肉のしぐれ煮。ひじきを混ぜた玉子焼きと、色合いもあざやかなパプリカのサラダ。それらのおかずが彩《いろど》りよく、きれいに詰められている。ご飯は玄米で、黒ゴマがふってあった。

どんなに忙しくても、毬子は市販の冷凍食品を使わない。だからすべて手づくりだ。

（お義父さんのお弁当のついでにつくってくれたのかな）

これ以上太りたくなかったので、本当は昼食を抜くつもりだった。でもこんなにおいしそうなお弁当を見たら、食べずにはいられない。

熱い緑茶を淹れたひかるは、いそいそと椅子に腰かけた。

「いただきます」

義母に感謝しながら箸をとり、まずはしぐれ煮に手をつける。

適度に脂身があり、甘辛い煮汁が染みこんだ牛肉は、噛めば噛むほど肉汁がにじみ出てくる。やわらかく煮込まれたごぼうには、汁だけではなく肉の香りと味もついていた。玄米と一緒に頬張るとさらにおいしい。

しぐれ煮を噛みしめていると、ふいに既視感のようなものを覚えた。

――この味、大くんがつくったものと同じだ。

昨夜、大樹の店で食べたしぐれ煮の味と、毬子のそれが重なった。

ふたりとも、料理は「ゆきうさぎ」の女将から習ったと言っていた。だから同じ味を出せるのだろう。

あの店で食べた料理は、どれもつくり手の心がこもっていた。ひとつひとつの手順を丁寧に、手を抜くことなく仕上げられていると感じた。大樹や毬子がつくった料理が食卓に並んでいたら、食事の時間は幸せになれそうだ。

(みっちゃんの好物……)

中学のころ、育ち盛りでいまよりも食欲があった瑞樹は、学校帰りに小腹がすいたと言ってコンビニに寄り、菓子パンやおにぎりを買っていた。中でも牛丼が好きだったが、中学生のお小遣いでは頻繁《ひんぱん》には食べられず、月に一、二度の贅沢だった。

『これ、毎日食べられたらなぁ……』

そう言って牛丼をかきこむ瑞樹は、普段よりも表情がやわらいでいて、本当に幸せそうだった。成長して食欲は落ち着いたが、牛肉はやっぱり好物で、ひかるとつき合いはじめてからはよく一緒に焼肉屋へ行った。

『みっちゃん、お肉だけはたくさん食べるよねえ。ほかは普通なのに』

『だって美味《うま》いし。特に好きなのはしぐれ煮かな』

『牛肉を煮詰めたやつ?』

『そう。ごぼうも入ったのがいい。母親がつくったのが最高で。……別にマザコンってわけじゃないけど』

妙な言いわけをした瑞樹は、ごまかすように咳《せき》払いをしてから続けた。

『東京にうちの祖母がやってる小料理屋があって、そこで出してるのと同じレシピなんだってさ。もう十五年以上も食べてるから、その味が舌に染みついてるっていうか。ほかの味じゃ満足できなくなってて』

『ふーん。そんなにおいしいなら、私も食べてみたいなあ』

『「ゆきうさぎ」って店だよ。いつか連れてく』

もし自分が毬子や大樹と同じ味を出せたら、瑞樹はきっとよろこんでくれるはず。

けれどつくり方を教えてもらいたくても、仕事が忙しくてなかなか機会に恵まれない。

大学を出て結婚するまで、ひかるはイラストの仕事をしながらアパートでひとり暮らしをしていた。だが料理は簡単なものしかつくったことがない。

一方で、毬子の手料理と旅館の板長がつくる賄いで育った瑞樹は、間違いなく舌が肥えている。ひかるが用意する食事の味は、彼には物足りないはずだ。実際に言われたことはなかったが、どうしても卑屈《ひくつ》になってしまう。

自分は義母のように、夫にお弁当をつくってあげたことなんて一度もない。毎日ではないが、朝食や夕食はつくっている。しかし凝《こ》った料理が食卓に上がることはなく、いつも適当にすませていた。仕事のことで頭がいっぱいで、そちらに気を回す余裕がなかったのだ。

――料理、ちょっと勉強したほうがいいかも……。

どうせ暇を持て余しているのだから、これを機に練習してみようか。

食べ終えた弁当箱を洗いながら、そんなことを思った。

その日の夕方、家事をすませたひかるは牛肉とごぼうを買ってきて、しぐれ煮をつくってみた。大樹と毬子の味を思い出しながら、自己流で煮込んではみたものの。

「ぜんぜん違う」

できあがったものを味見するなり、思わず顔をしかめる。じっくり煮詰めすぎたのか、味が濃くてしょっぱい。牛肉もごぼうも硬くて、歯ごたえが悪かった。やはり見様見真似《みようみまね》ではだめなのだ。

とてもではないが食卓に出す気になれず、こっそり始末しようとしたときだった。

背後に気配を感じ、はっとしてふり向くと、見覚えのある顔がのぞいている。

「みっちゃん!?」

思っていたよりも早い帰宅に、ひかるはぎょっとしてその場で固まった。

中に入ってきた瑞樹は、オーバル型の眼鏡を押し上げた。何をおどろいているのだと言いたげにひかるを見つめる。

「今日は早めに上がれたから帰ってきたんだけど」

「そ、そうなんだ。まだ七時だからびっくりしちゃった。いつもはもっと遅いでしょ」

「腹減った……」

ネクタイの結び目をゆるめた瑞樹は、ふらふらとコンロに近づいてきた。

「それ何？　煮物？」

「え、待って見ないで！　これは――」

ひかるの肩越しに鍋の中をのぞきこんだ瑞樹は、「あ」とつぶやく。仕事以外ではあまり表情の起伏を見せないのだが、その目がめずらしく輝いた。

「しぐれ煮だ。食べていい？」

「これはだめ！」

即答すると、瑞樹は「なんで」と首をかしげる。

「おいしくないから捨てるの。おかずはほかにもあるし、それでご飯にしよ？」

こんな失敗作を食べさせるわけにはいかない。ほかの料理に注意を向けさせようとしたが、瑞樹の視線はしぐれ煮から動かなかった。

「捨てるなんてもったいないだろ。おいしくなくても食べる」

そう言った彼は食器棚からお皿をとり出し、勝手に盛りつけてしまった。

(ああ、そんな。不味《まず》いのに……)

しかたなく、ひかるは炊きたてのご飯を茶碗《ちゃわん》によそう。鰤《ぶり》の塩焼きと味噌汁を運んだとき、食卓についた瑞樹はすでにしぐれ煮に箸をつけていた。

「……変な味でしょ？　硬いし」

「そんなことない。普通に美味いと思うけど」

まさかと思ったが、瑞樹は「ほんとだって」と笑う。その笑顔を見てわかった。

——ああ、これはお世辞だ。

彼は感心するほど、仕事とプライベートの顔を使い分けている。

普段は表情に乏しく愛想に欠けるが、お客と接するときは別人のように社交的になるのだ。お客を不愉快にさせたくない一心で、いつの間にか身についたらしいが、誰にでもできることではない。

「ひかる？　ほんとに美味いから、気にするなよ」

「……うん。ありがと」

本当は不味くても、ひかるのために「おいしい」と言ってくれるのだろう。

その心遣いは嬉しかったが、同時に悲しくもなった。

（もし私が大くんみたいな料理をつくれたら、心から笑ってくれるのかな……）

あらためて口にしたしぐれ煮は、やっぱりしょっぱかった。

『こんな旅館、二度と来るか！』

（まただ……）

以前、宿泊客に投げつけられた忘れられない言葉。ときおり夢に出て、ひかるの胸をえぐり続ける。その日の夜も、嫌な記憶はリアルに再生された。

「夕方までには帰るから」

「わかった。いってらっしゃい」

翌日、知人の結婚式に出席するため仕事を休んだ瑞樹は、午前中に出かけていった。心の不調を悟られないよう、ひかるは笑って送り出す。しかし瑞樹の姿が見えなくなると、大きなため息が出てしまった。

ゆうべは結局、瑞樹はあの不味いしぐれ煮を、残さず食べてくれた。

――どうして自分はこう、失敗ばかりしてしまうのだろう。

二カ月前、ひかるはちょっとした行き違いから、宿泊客に不愉快な思いをさせてしまった。女将と一緒に何度も頭を下げたけれど、お客の怒りはおさまらなかった。

悪いのは自分だ。きちんと確認していたら起こらないような、初歩的なミスだった。起きてしまったことは取り消せない。きちんと反省して、同じことを繰り返さないように気をつければいい。

でも、また失敗して迷惑をかけてしまったら。

お客の前に出るのが怖くなったのは、それからだ。しばらくは我慢していたが、とうとう限界を超えたのか、身体的な症状があらわれはじめた。

仕事に行けなくなっても、義理の両親と瑞樹はひかるを責めたり、あきれたりすることはなかった。むしろ心配してこちらの体調を気遣ってくれる。

自分と結婚してよかったと思ってもらいたいのに、現実はこれだ。不甲斐《ふがい》ない自分に腹が立つ。

この苛立《いらだ》ちをどうにかしたい。

(何か食べるもの……)

親指の爪を噛んだひかるは、いつもの癖で戸棚に目を向けた。瑞樹との約束通り、新しいお菓子を買うのは控えている。だからそこには何も入っていない。

だめだ。我慢しなければ。また過食したら、ひどい自己嫌悪に陥る。

そう思っても、たまっていくストレスはどうにもならず、ひかるは勢いよく立ち上がった。衝動に突き動かされるようにして財布とスマホだけを手に、家を飛び出す。

(お菓子、お菓子、お菓子……)

川にかかる橋を渡ってしばらく歩いていると、店が密集する通りに出た。

箱根の玄関口のひとつ、箱根湯本《ゆもと》駅。

数年前に改築され、大きく立派になった駅舎。その前を通る国道一号線沿いには、土産《みやげ》物屋《もの》に飲食店といった観光客用の店が軒を連ねている。紅葉の見ごろには少し早いが土曜日なので、通りは店を物色する観光客でにぎわっていた。

「会社の人たちのお土産どうする？　やっぱ無難に温泉まんじゅうかなあ」

「まだ着いたばっかじゃん。帰るときでいいって」

楽しそうな人々の様子を見ているうちに、ひかるはふと我に返った。

──私、何やってるの？

むなしくなって家に帰ろうとしたが、このまま戻るのも嫌だった。あてもなく通りをぶらぶら歩いていると、駅前にたどり着く。

小田原《おだわら》方面に向かう電車を遠くからながめていると、大樹の顔が頭に浮かんだ。

（『ゆきうさぎ』って、今日は夜からだっけ）

今の時間はどこかに出かけているかもしれない。そうでなくとも、急に押しかけたら迷惑だとはわかっている。それでもなんとなく、またあの店に行きたくなった。

お腹を満たすならお菓子を貪るよりも、心も満ちる「ゆきうさぎ」の料理が食べたい。

財布を握りしめたひかるは、誘われるかのように駅舎に近づいていった。


「今日はありがとうございましたー」

十三時を過ぎたころ、碧はことみを含めた英語研究部の面々とともに「ゆきうさぎ」をあとにした。バイトは休みだったが、大樹によるから揚げ講習会があったので、便乗して参加したのだ。

「いろいろ勉強になったわ。これで模擬店売り上げナンバーワンはいただきね」

文字でびっしり埋まったメモを見つめながら、部長がにんまりと笑う。

十数人いる英語研究部のメンバーの中で参加したのは、部長とことみ、それから同学年の女の子とひとつ上の先輩だ。いずれも女性なので、講習会は終始にぎやかだった。

「それにしても、雪村さんカッコよかったよね」

先輩のはしゃぐような声音《こわね》に、碧は思わず耳をそばだてた。

お洒落《しゃれ》で可愛らしい顔立ちの彼女は、店にいる間はずっと大樹のそばにいて、積極的に話しかけていたのだ。大樹もそのたび愛想よく答えていた。

部長も「わかる!」とうなずいている。

「落ち着いた感じでいいよねえ。優しくて話しやすかったし。いくつなんだっけ?」

「もうすぐ二十七って言ってたよ。その歳《とし》でお店持ってるんだからすごいよねー」

「独身?」

「そう。彼女もここ何年かはいないって言ってたけど。ほんとかな」

「っていうか、あんたこそ彼氏いるじゃん。何浮かれてんの」

「それとこれとは別でしょ」

(雪村さん、相変わらずもてるなぁ……)

ランチ常連の女性たち(年齢問わず)から人気があるのはわかっていたけれど、彼女たちは大人だから、あからさまに声をあげたりアプローチしてきたりはしない。でもやっぱり、碧の知らないところでは同じような会話をしているのだろうか。

想像すると、心の奥が少しざわつく。そわそわして落ち着かないような、変な気分だ。

(……やめよう。なんかもやもやしてきた)

「あの人がいるなら、ちょっと遠いけど頑張って通っちゃおうかなー」

「えっ!」

とっさにあげてしまった声を聞き、先輩たちは目をしばたたかせる。その場にいたメンバーの注目を一身に浴びてしまった碧は、あわてて手をふった。

「あ、えっと、すみません。なんでもないです」

顔を見合わせた先輩たちは、碧の表情を見て何かを察したのか、にやりと笑った。

「ふーん……。なるほど、そういうことか」

「仲よさそうだったしねー」

何を納得しているのだろう。首をかしげていると、彼女たちは「大丈夫、本気じゃないから」と言って、碧の頭を撫でまわした。

「ことみ、意味わかる？」

「わかってないのは玉ちゃんだけだねえ」

友人の袖を引いてささやいても、相手はふんわりと微笑むばかり。

「そういうのは人それぞれだし……。玉ちゃんたちはのんびり進むのが合ってる感じ」

「のんびり……」

そんな話をしているうちに、駅ビルに到着した。休日のため中は混雑している。

時間を確認した部長が、「お腹すかない？」と声をかけた。

「から揚げ試食したけど、あれじゃ足りないでしょ。どっかでお昼食べてく？　玉木さんも今日はお礼におごるよ」

「玉ちゃん、どこに入っていくのかってくらい食べますよ。このまえ一緒にランチビュッフェに行ったら、ひとりで四人前くらい平らげてたし」

「ちょっとことみ、余計なことを……」

言いかけた碧の視線が、ある一点で止まった。

「？？？」

エスカレーターのそばに置かれた休憩用のベンチ。そこに見たことのある女性が座っている。歩き疲れて休んでいるというよりは、どこか途方に暮れているような彼女のもとに近づいた碧は、遠慮がちに話しかけた。

「ひかるさん?」

おどろいたように視線を向けた彼女は、なぜかバッグを持っていなかった。

ちょっとそこのコンビニまで――といった感じのラフな格好で、膝の上に置いた長財布を両手で握りしめている。

(上着も薄そうだし……。寒くないのかな)

碧の顔を見つめていたひかるは、やがて「ああ」と声を漏らした。

「大くんとこのバイトさん、だよね」

「玉木です。ひかるさんはお買い物ですか?」

彼女は気まずそうに口ごもった。

何か事情がありそうだったが、出会って間もない碧が問いただすのも、お節介な気がする。けれどなんとなく放っておけず、その場から動けずにいると、ひかるが蚊《か》の鳴くような声で言った。

「『ゆきうさぎ』のご飯が食べたくて……」

「え？」

「こんなとこまで来るつもり、なかったんだけど。気がついたら電車に乗ってて。けどお店が開くのって六時なんだよね。あと五時間近くもある……」

ひかるは困ったように眉を下げた。

そのいでたちから、突発的に電車に乗ったというのは本当なのだろう。

店の開店はたしかに十八時だが、それまで彼女はどうするつもりなのか。普通なら買い物をしたり映画を観たり、カフェでお茶を飲んだりして時間をつぶすけれど、いまのひかるにそんな気力はないように見えた。

（ここまで来ただけで、すごく疲れてそう）

――「ゆきうさぎ」の料理を求めている人が、目の前にいる……。

碧は少し考え、顔を上げた。時間が来るまで、ひかるはこの場から動きそうにない。ちょっと待っててくださいねと言い置いた碧は、少し離れた場所に立って成り行きを見守っていたことみたちのところに行った。昼食はまたの機会にと断りを入れてから、ひかるのもとに戻る。

「ひかるさん、いまから『ゆきうさぎ』に行きましょう」

「え、でも」

不安げな彼女に、碧は「大丈夫」と笑いかけた。

「雪村さんはご飯が食べたくて来た人を、追い返したりはしませんから」


ことみたちと別れた碧は、ひかると一緒に「ゆきうさぎ」に戻った。

「あ……猫」

ひかるが心なしか嬉しそうに言った。

準備中の札が下がった格子戸の前には、いつやってきたのか、武蔵が門番のように座りこんでいた。碧たちが近づくと、のっそりと立ち上がって場所を空けてくれる。

「武蔵、エサはもらった？」

いつものように話しかけると、ぶみゃーという鳴き声が返ってきた。声の調子や態度から、たぶんもらったのだろうと結論づける。

「玉木さん、猫と会話できるの？」

「いやまさか。でも、こっちの言ってることは理解してると思いますよ」

戸には鍵がかかっていたので軽く叩く。間もなくして向こう側に人影が見えた。

あらわれた大樹は、思わぬ組み合わせにおどろいたのか、目を丸くしている。

「タマ……と、ひかる？　ふたりそろってどうしたんだよ」

「ごめんね大くん。とつぜん押しかけちゃって」

「ひかるさん、『ゆきうさぎ』の料理が食べたいそうなんです。さっき駅で会って」

事情を伝えると、うなずいた大樹は「とにかく中へ入れ」と言って、碧とひかるを招き入れた。休憩をとっていたらしく、テーブルの上には食べかけのおにぎりと漬け物、そして味噌汁が入ったお椀《わん》が置いてある。

「で、何が食べたいって？」

「でも休憩中みたいだし、仕事させちゃうの悪いから」

「別にかまわないけど。食材はあるから、だいたいのものはつくれる。遠慮すんな」

ためらっていたひかるは、しばらくして「それなら」と口を開く。

「牛肉のしぐれ煮……。食べたいっていうか、できたらつくり方を教えてほしくて」

きょとんとする大樹に、ひかるは「瑞樹くんのために覚えたい」と言った。

「昨日、晩ご飯につくったんだけど失敗しちゃって……。不味いのに、瑞樹くんおいしいって言ってお代わりまでしてくれたの。だから今度は、ちゃんとおいしくできたものを食べてもらいたい」

それで「おいしい」とよろこんでもらいたいのだと、ひかるは語った。

「料理はもっと練習していくけど、まずは瑞樹くんの好物をつくれるようになりたくて」

「……」

ふっと笑った大樹は、「わかった」と言うと、ひかるの肩をぽんと叩いた。

「そういうことなら教える。けど、そのまえに腹ごしらえだな。握り飯つくってやるからそれ食って元気出せ。タマも昼飯まだならつくるけど」

「いいんですか？　ならわたしも手伝いますね」

碧と大樹は厨房に入り、昼食の支度をはじめた。

自家製梅干しは白米で包み、大根の葉とちりめんじゃこを炒めてから、ご飯に混ぜこんで握っていく。煮干しでとったという出汁《だし》でつくった味噌汁を温め直して、秋ナスの漬物を添えれば完成だ。

「雪村さんのおにぎり、やっぱり形がきれい。具は同じなのにわたしのよりおいしそう」

「そうか？　タマのだって美味そうだぞ」

そしてできあがった昼食を、三人でテーブルを囲んで平らげる。

「大くん、これ、なんの葉っぱ？　じゃこもカリッとしておいしい」

「大根だよ。ゴマ油と昆布《こんぶ》出汁で炒めるから、風味と歯ごたえがよくなる」

「へえ……。それにしても大くんたち、よく食べるね」

「これくらい普通だろ。なあタマ」

「はい。わたしはまだまだ行けますよ！」

ひかるは豪快におにぎりを頬張る大樹と碧を、おどろいたように見つめていた。その食べっぷりに触発されたのか、彼女も昼食をきれいに完食する。

お茶を淹れて一息ついてから、大樹はひかるを厨房に呼んだ。気になったので、碧も中に入れてもらう。

「――じゃ、やるか。そんなにむずかしくないから構えるなよ」

大樹がシャツの袖をまくり上げた。裏の食糧庫から、牛の切り落とし肉が入ったパックと、土がついたままのごぼうを二本持ってくる。

「ちょうどいいから、夜の仕込みも一緒にやっておくか。まずはこれを下処理する。実演はタマに頼もうかな」

「おまかせあれ！」

ごぼうを一本受け取った碧は、流しの前に立った。

流水で洗いながら、こびりついた泥は両手を使って丁寧に落としていく。それから包丁の背を使い、表面を適度にこそいでいった。

「タワシは使わないいんだ？　私、土臭いの嫌だからゴシゴシこすっちゃうんだけど」

「皮を落としすぎると、風味が弱くなっちゃうみたいで。かといって泥が残っちゃうと土臭くて食感も悪くなるし。バランスがむずかしいですよね」

下処理の仕方は人によって違うが、碧は大樹から教わった方法で行っている。

ささがきにしたごぼうを水にさらしている間に、大樹は牛肉を食べやすい大きさに切っていった。アク抜きをしたごぼうは、千切りにした生姜と一緒に鍋で炒めておく。

炒め終えた鍋には水と砂糖、そしてお酒を入れてひと煮立ち。ほぐした牛肉を加えて火が通ってきたらみりんと醤油を入れ、汁気が少なくなるまで煮詰めた。

「牛肉は火を通しすぎると硬くなるから気をつけろよ」

ひかるはメモ帳とペンを手に、真剣な表情で大樹の言葉を書き留めていく。

「こんなもんかな」

しばらくして、大樹が火を止める。隣でもうひとつの鍋を使っていたひかるも、コンロのツマミに手を伸ばした。

自分がつくったしぐれ煮を味見したひかるは、嬉しそうに声をはずませた。

「そうそう、この味と硬さなのよ！　お義母さんのと同じ！」

「分量と手順がわかれば、もう失敗しないだろ」

「だといいな。これ、タッパーか何かに詰めてもらってもいい？　持って帰りたいから」

いいよと答えた大樹が戸棚に目を向けたとき、誰かの携帯の着信音が鳴った。動いたのはひかるで、スカートのポケットに入れていたスマホを引っぱり出す。

「もしもし――みっちゃん？」

厨房から出て通話をはじめたひかるは、すぐに困ったように口ごもった。

「え、いま？　えーとね、実はその……」

彼女が答えあぐねていると、背後から大樹が手を伸ばした。スマホを奪い、「瑞樹か」と話しはじめてしまう。

「だ、大くん。何を……」

「ひかる、うちにいるんだよ。ん？　家じゃなくて店のほう。おまえは？」

一分ほど会話していた大樹は、通話を切ると何事もなかったかのように、ひかるにスマホを返した。

「披露宴、終わったから迎えに行くってさ」

「ええっ!?　でも遠いんじゃ」

「新宿《しんじゅく》にいるみたいだから、そんなにかかんないだろ。三十分くらいじゃないか？」

大樹はさらりと言って、厨房に戻った。タッパーを出してしぐれ煮を詰めはじめる。

そして彼の予言通り、三十分ほどが経過したころ――

鍵を開けていた戸を引いて、ひとりの若い男性が入ってきた。

（この人が瑞樹さん……）

写真では見ていたが、実際に会うのははじめてだ。結婚式に出席した帰りらしく、黒いスーツ姿で引き出物が入っているのだろう紙袋を持っていた。

眼鏡をかけていなければ大樹と間違えてしまいそうなほど、顔立ちは似通っている。大樹とはひとつしか歳が違わないというから、顔だけ見れば双子のようだ。

（あ、でも背は雪村さんより少し低いかな。髪型も違うし、雰囲気も）

碧と目が合った瑞樹は、軽く会釈した。同じ仕草で返すと、彼はカウンターの内側にいた大樹に「兄貴」と声をかける。

「ひかる、来てるんだって？　定休日でもないのにごめん」

「大丈夫だから気にすんな。――おーいひかる、隠れてないであれ出してやれよ」

大樹の言葉を受けて、厨房からひかるが遠慮がちに顔をのぞかせた。

「みっちゃん、あの……。いきなりだけど、ちょっと食べてほしいものがあって」

「食べてほしいもの？」

厨房を出た彼女が手にしていたのは、しぐれ煮を盛りつけた小鉢だった。瑞樹をカウンター席に座らせたひかるは、小鉢を彼の前に置く。

「さっき、大くんから教わってつくったの。味見してくれる？」

「……」

ひかると小鉢を見くらべた瑞樹は、やがて「わかった」とうなずいた。

箸をとり、しぐれ煮を口に運ぶ姿を、ひかるはもちろん碧も緊張しながら見守る。

口に入れた牛肉とごぼうを嚙んだとき、瑞樹の目がわずかに見開かれた。じっくり嚙みしめて飲みこんでから、小さな声が漏れる。

「……美味い」

「ほ、ほんとに……？」

おそるおそる問いかけたひかるに、瑞樹はほんの少し口の端を上げて言った。

「母さんやばーちゃんがつくったものと同じだ。俺の好きな味」

その表情は大げさではなかったけれど、彼はたしかに微笑んでいた。それが心からの言葉だと伝わってきたので、碧のほうまで嬉しくなってくる。

「これ、もしかして俺のためにつくってくれた？　ありがとう」

「みっちゃん……」

ひかるの顔が輝いた。タッパーの蓋を開け、ぎっしり詰まったしぐれ煮を見せる。

「ほら、まだいっぱいあるから！　お弁当にも入れられるよ。これからはいつでもつくれるし、今日でも明日でも――」

「わかったわかった。落ち着けって」

苦笑した瑞樹は、「けど」と続ける。

「これを覚えるためにわざわざここまで？　料理なら母さんに習えばいいのに」

「だってお義母さん、いつも忙しいじゃない……。なのにそんなこと頼んだら迷惑だよ」

「迷惑なわけないだろ。母さん、ほんとはいろいろ教えたがってるんだから」

瑞樹の言葉に、ひかるは「え」と目を丸くした。

「でもいまは仕事に慣れるだけで大変だろうし、もう少し経って落ち着いてからにしようって思ってるだけだよ」

「そ、そうなの？　だけど私、役立たずだし。迷惑ばっかりかけてるから。嫌われたらどうしようって思うと怖くて……」

「嫌う……？　まさか。やっと娘ができたってよろこんでるのに」

「うちは男兄弟だからな。瑞樹が早かったもんだから、俺にまでそろそろ嫁さん連れてこいだなんてせっついてくるくらいだし」

大樹が苦笑いしながら付け加えると、ぽかんとしていたひかるの目が潤《うる》んだ。

「――ひかる!?」

堰《せき》を切ったように泣き出したひかるを見て、あわてた瑞樹が立ち上がる。彼女に寄り添い、その肩に触れる。

「どうしたんだよ。いきなり」

「……私も、嬉しかったんだよ。また『おかあさん』って呼べる人ができて」

涙まじりの言葉に、はっとした。ひかるも碧と同じように、実母を亡くしているのだ。

「だから嫌われたくないのに、空回りばっかりで。それで焦っていって……」

追いつめられた彼女はきっと、物事を悪いほうへと考えることしかできなかったのだろう。そういうときの自己嫌悪のひどさは、碧も経験があるのでわかる。

ようやく泣き止んだひかるは、「お義母さんと話したいな」とつぶやいた。

「料理とか、ほかのこともいろいろ教えてもらいたい。それでまた、一緒に働くことができたら……」

瑞樹はひとつうなずくと、ひかるの背中をそっとさすった。

「ゆっくりでいいんだよ。このさき何十年もつき合っていく家族なんだから」

「うん……」

「ひかるにばっかり家事させるわけにはいかないし、俺も母さんに料理習おうかな」

「え、だめだよ。大くんみたいにプロ級になったらかなわなくなっちゃう」

顔を見合わせて微笑みをかわすふたりを見ているうちに、思ったことがある。

(そうか。家族は増やすことができるんだ)

かけがえのない身内を喪うことは、身を裂かれるくらいにつらくて苦しい。その人の代わりは、どこを探しても絶対に見つからないことはわかっている。

でも、ひかるが雪村家の一員になったように、新しい家族をつくることはできるのだ。

血がつながっていなくても、自分のことを家族だと言ってくれる人を。

そう思うと希望が湧いてきて、碧の口元にも笑みが浮かんだ。


「――雨だ」

戸を引いた瑞樹が言った。そういえば、今日は午後から一時雨だと聞いている。

「うわあ……。私、傘なんて持ってこなかった」

ひかるが困ったように空を見上げた。

碧も外に出てみれば、空はいつの間にか暗くなっていて、冷たい雨が降っている。ひかると一緒に店に入ったときは、まだ曇っている程度だったのに。

「傘、貸すか？」

「いや。自分で持ってきてる」

大樹の申し出を断った瑞樹は、戸の横に立てかけてあった紺色の傘を開いた。手招かれたひかるは、ごく自然な動作でその傘の中に入る。

「大くん、今日はありがとう。玉木さんも」

「気をつけて帰れよ」

「また遊びに来てくださいね」

大樹と並んで戸の前に立った碧は、駅へ向かって歩いていく彼らを見送る。

降りしきる雨はひんやりしていたけれど、同じ傘の下で寄り添うふたりを見ていると、心がほんわかあたたかくなった。

(わたしと雪村さんは別の傘だったけど)

いつかの記憶がよみがえる。一緒の傘というのも憧れるなと、ちらりと思った。

「タマ？　どうかしたのか」

「なんでもないですよー」

碧はごまかすように笑って、店内に戻っていく。

そのとき、少し前に先輩たちやことみから言われた言葉の意味が、なんとなくわかったような気がした。

第2話　熱々おでんと雪見酒

「おー、盛況だな」

晴れ渡った秋空の下、大樹《だいき》がめずらしく、子どものようにはしゃいだ声をあげた。人でごった返す周囲を、楽しそうに見回している。

十一月の半ば、碧《あおい》の大学で恒例の大学祭が開かれた。

ことみが高校まで通っていたような女子校ではチケットが必要らしいが、ここは共学校なので入場は自由だ。昨年は玲沙《れいさ》やことみ、そして「大学ってどういうところか見てみたいなー」と言った星花《せいか》と一緒に見て回ったのだけれど。

『玉木《たまき》ちゃん、学祭に雪村《ゆきむら》さんを誘いなさい』

何日か前、英語研究部の部長と先輩につかまった碧はそう言われた。

(いつの間にかちゃん付けに……)

から揚げ講習会を一緒に受けて以来、彼女たちとはときどきカフェテリアで一緒にランチやお茶をする程度の仲になっていた。その日も、碧が午後からの講義にそなえて二杯目の釜玉《かまたま》うどんをすすっていると、声をかけられたのだ。

『でも、土日は夜から営業がありますよ』

仕込みもあるだろうと思ったから、去年は遠慮して何も言わなかった。

『午前中なら大丈夫なんでしょ？　二時間だけつき合ってもらうとか』

『現場で味見してもらえたら嬉《うれ》しいんだけどなー。あ、もちろん来てくれたらちゃんとサービスするからね。玉木ちゃんだって雪村さんと一緒に回れるわけだし、一石二鳥！』

（そりゃわたしだって、雪村さんと出かけてみたいけど……）

ふたりに背中を押され、思いきって大樹を誘ってみると――

『おもしろそうだな。時間、空けておくよ』

拍子抜けするほどあっさり承諾されて、現在に至っている。

――雪村さんが大学にいるなんて、不思議な感じ。

毎日のように碧が通い、講義を受けている敷地の中に大樹がいる。そう思うと、なんだかくすぐったかった。

「この木、桜か？」

「そうですよ。葉もないからちょっとさびしいですね。向こうには銀杏《いちょう》並木もあって」

「銀杏か。ギンナンは茶碗《ちゃわん》蒸しもいいけど、塩煎《い》りにすると酒のツマミに合うんだよな」

「でも、落ちてるアレ踏むと臭いが……。紅葉はきれいなんですけどね」

春には見事な花を咲かせる構内の桜は、いまは枝だけ。しかし並木道には、学生たちが出している模擬店がずらりと並んでいた。手づくりの看板やメニュー表はカラフルで凝《こ》ったものも多く、見ているだけでわくわくしてくる。

「いい匂い……。どれから食べようかなあ……」

周囲にただよう食べ物の香りを嗅《か》いでいると、本能的に口元がゆるんできた。

目の前で焼いたばかりの、お好み焼きにたこ焼き。甘めのソースとマヨネーズをたっぷりかけたところに、鰹節《かつおぶし》と青のりをふりかけて熱いうちに頬《ほお》張りたい。

肉汁で光り輝いている（ように見える）フランクフルトには、ケチャップとマスタードをお好みで。じゃがバターには、ほくほくのジャガイモに濃厚なバターをとろけさせて。もちろんワッフルやクレープといったスイーツもはずせない。

屋台の定番メニューは外で食べるほうがおいしい気がするし、冷えた体をあたためてくれる具だくさんの豚汁《とんじる》も最高だ。

「ああっ、カレー！　カレーがある！」

「落ち着けタマ。まずは友だちのところだろ？」

苦笑した大樹に腕をとられ、碧は英語研究部の模擬店に向かった。ことみは不在だったが、おそろいのエプロンで迎えてくれた部員たちの中には部長がいる。

「よしよし。ちゃんと連れてきたのね」

満足そうにうなずいた彼女は、できたてのから揚げを無料でふるまってくれた。

「雪村さん、味どうですか？　教えてもらった通りにやってみたんですけど」

「ああ、いいと思う。あとはそうだな……二度揚げのときはもうちょっと温度を高くすれば、もっとカリッとするんじゃないか」

それを聞いて、部員たちがほっと胸を撫《な》で下ろす。

「よかったー。いまのところ売り上げもいいし、一位狙えるかも」

「そしたら打ち上げしましょうね。『ゆきうさぎ』に押しかけてもいいですか？」

「たくさん食ってくれるならな」

大樹が笑うと、部員たちも「もちろんですよー」とノリよく答えた。

「ありがとうございました。楽しんでいってくださいね！」

碧と大樹は部員たちに見送られながら屋台を離れ、ほかの店を物色しはじめる。あらかた見回ってから、ちょうど空いたばかりのベンチを見つけ、ふたりで並んで腰かけた。買いこんだ食べ物をいそいそと広げる。

「ふふふ。キーマカレーにたこ焼き、肉巻きおにぎり。チュロスとたい焼き。ああ幸せ」

「さっきから揚げ食ったのに、まだそれだけいけるのか」

「あれじゃぜんぜん足りませんよー。ではさっそく味見を」

碧は嬉々《きき》としてプラスチックのスプーンを持ち、キーマカレーを口に入れる。

「うん、スパイスがきいてておいしい！　ナンもふっくらしてるし」

「たこ焼きも美味《うま》いぞ。蛸《たこ》が大きくて弾力もある。食うか」

「もちろんいただきます」

大樹は「ほら」と言って、竹串で刺したたこ焼きを渡してくれた。受け取ったときに指先がわずかに触れ合い、どぎまぎする。

買いこんだ食べ物を完食した碧は、満足感に包まれながら息をついた。

「おいしかった……。お腹《なか》がいっぱいになると幸せですよねぇ」

「タマは本当に美味そうに食べるよな。見てて気持ちがいい」

「雪村さんにはかないませんって。だって雪村さんが食べてるものなら、なんでもおいしそうに見えますからね」

食後に熱い甘酒を飲みながら、大樹が「そうか」と笑った。

「甘酒って『酒』ってつくのに子どもでも飲めますよね。なんでだろ」

「アルコールが入ってないから。これは米麹《こめこうじ》と水と米を発酵《はっこう》させたタイプだな。酒かすが混ざってたとしても、市販の甘酒は一パーセント未満だから。ソフトドリンク扱いで、大学祭でも販売できるんだよ」

甘酒には二種類の製法があるらしい。「ゆきうさぎ」で出している甘酒は、酒かすに砂糖と少量の塩を加えて水で煮詰めたもので、度数が高いため成人向けになるそうだ。

「いまは寒いときに飲むものになってるけど、江戸時代は夏に飲んでたんだってさ」

「そうなんですか？」

「夏バテ予防に効くみたいだぞ。来年の夏にでも試してみろよ」

「やってみます。バテたことないけど」

「……まあ、普段あれだけ食ってれば体力もつくよな」

とろりとした甘酒の味を楽しんでいると、ふいに大樹が思い出したように口を開く。

「そういえばゆうべ、瑞樹《みずき》から連絡があったんだよ」

「え。どんなお話を？」

「ひかるが病院に通いはじめたって。最初は抵抗があったらしいけど、やっぱりきちんと治して仕事に戻りたいみたいだな」

「そうですか……。自分から行こうと決めたなら、よかったですよね」

「本人に治す気があるし、瑞樹とうちの親も協力するって言ってるから。いい方向に行ってほしいな」

今後は病院に通いながら、根気よく症状を克服していくのだろう。

時間はかかるかもしれないが、いつか大樹の母と一緒に、笑顔でお客の前に立つ姿を見てみたいと思う。

（きっとできるよね。ひかるさんなら）

甘酒を飲み終えた大樹が、空になった紙皿やプラスチックのパックをまとめはじめる。

「もうお昼になったし……そろそろお店に戻ります？」

名残《なごり》惜しくなりつつも、仕事がある大樹を無理に引き止めるわけにはいかない。しかし彼は「いや」と首をふると、心なしかはずんだ声で言った。

「あと少し見ていくか。こういうの久しぶりだし」

「——はいっ」

その言葉に嬉しくなって、碧は勢いよく立ち上がる。

「もうすぐあっちの野外ステージでイベントがあるんですよ。行ってみます？」

お祭りムードでにぎわう構内。碧と大樹はふたたび人ごみの中へと戻っていった。

そして秋は過ぎていき、いつの間にか季節は師走《しわす》を迎えていた。

「今年もあと二週間を切りましたね」

十二月も半分が過ぎ、忙しくなってきたある日のこと。

閉店後の「ゆきうさぎ」。いつものように床のモップがけをしながら、菜穂《なほ》が遠い目をして言う。碧と大樹は厨房《ちゅうぼう》に入って、賄《まかな》いの支度をしていた最中だった。

「結局、今年も就職先は見つかりそうもありません……。気がつけば二十五歳……。新卒からどんどん離れていく……」

「ミケさん……」

「いいですかタマさん。就職先は絶対に、卒業するまでに決めておくべきです。教職とってるんでしたっけ。将来はどうするつもりなんですか？」

いきなり矛先《ほこさき》を向けられ、碧は戸惑いながらも答える。

「えーと……。わたしは教員志望なので、都の採用試験を受けようと思ってますけど。母もそうだったから」

「公務員！　ああ、憧れの公務員……」

「いやその、合格したらの話ですよ？　まだ受けてもないし」

「タマさんなら大丈夫でしょう。私立校とか塾講師とかは考えてないんですか？」

「試験の結果次第ですね。場合によってはそっちも視野に入れます」

なるほどとうなずいた菜穂は「ふっ」と不敵に笑った。モップの柄を握りしめる。

「もちろん、私だって頑張りますからね。今年がだめなら来年ですよ！」

彼女は爛々《らんらん》と目を輝かせる。どうやら気力は失っていないようなのでよかった。

「その意気ですよミケさん！　おいしいものを食べて頑張りましょう！」

元気づけるように言った碧は、隣に立っていた大樹を見上げた。

「――というわけで、残り物で何かできますか？」

「そうだな……。太ってもいいなら」

「わたしを太らせるのはあきらめてください。これ以上は増えません」

「じゃあミケさんを太らせるか。最近、忙しくて痩《や》せたって言ってたし」

にやりと笑った大樹は、今夜は意外に注文が入らず、余ってしまった肉じゃがに目を落とした。具材を粗めにつぶしていき、小分けにしたそれを春巻きの皮で包んでいく。

「タマ、これ揚げて」

「肉じゃがの春巻き？」

「味が染みこんでるから美味いぞ。あとは……」

碧が春巻きを揚げている間に、大樹はボウルに卵を四個割り入れた。ほぐしてから少量の生クリームを混ぜ、塩コショウをふる。そこにつぶした肉じゃがの残りを加えて混ぜ合わせると、バターを溶かしたフライパンに卵液を流しこんだ。

（わ、いい匂い）

「お待たせ」

大樹が座卓の上に置いた皿には、肉じゃが入りのスパニッシュオムレツが盛りつけられていた。ふっくらとした厚みがあって、ボリュームは満点。中央には彩《いろど》りを気にする大樹らしく、生のパセリが飾られている。

さらに彼はホールトマトの缶と冷やご飯を使って、リゾットもつくっていた。粉チーズと乾燥バジルがふりかけられていて、食欲をそそる。

「うわー。今日は豪勢ですね！」

座卓の前に正座していた菜穂が、嬉しそうに両手を叩いた。

「ちょっとカロリー高いけど、たまにならいいよな」

「なんだか背徳的でドキドキしますね！」

菜穂の隣に座った碧は、いただきますと言ってスプーンをとる。

湯気立つリゾットを口に入れると、ほんのりコンソメの味がした。トマトの酸味でさっぱりしているが、チーズが入っているのでコクもある。

「肉じゃが入りの春巻きとオムレツなんて、はじめて食べます」

「こういうアレンジもありだろ」

春巻きにかじりつけば、パリッとした皮の歯ごたえ。中からしっかり味がついたマッシュポテトがあふれ出し、やわらかい食感も楽しめる。

三人で分け合ったオムレツも、醬油《しょうゆ》と出汁《だし》で煮込まれた具材と卵の優しい甘みが、うまく調和していた。腹持ちもよさそうだ。

「うちで残ったらやってみよう。雪村さん、あとでレシピ教えてください」

「そんなものない。適当だ」

「適当なのにすごくおいしい！　どうやればそんなことが……」

碧と菜穂が食事に夢中になっていると、向かいの大樹がふと、畳の上に置いていたエプロンに手を伸ばした。ポケットのあたりをさぐる。

とり出されたのは一通の封筒。シンプルな白い洋封筒で、柄は入っていない。

「店のポストに入ってたんだ。昼間に確認し忘れて、さっき見に行ったらこれが」

表には、手書きで店の住所と『宇佐美雪枝《うさみゆきえ》様』という宛名が記されている。

「先代の女将《おかみ》さん宛てですね」

「亡くなったこと、知らないみたいだな。差出人は……書いてない」

軽く眉を寄せた大樹は、おもむろに立ち上がった。厨房からハサミを持ってきて、慎重に封を切る。中から引っぱり出されたのは、やはり無地の便箋《びんせん》だった。

「……なんだこれ」

目を通した大樹の口から漏《も》れたのは、戸惑いの声。

どうしたんですかとたずねると、彼は無言で碧たちに便箋を見せた。

『十二月になると毎年、「ゆきうさぎ」で食べたおでんのことを思い出します。

今年は十年ぶりに、借りを返しにまいります』

丁寧な筆致ではあったが、書かれていたのはそれだけだ。

差出人の意図がまったくわからず、碧と菜穂は思わず顔を見合わせる。

「謎の手紙ですね。内容もよくわからないし……。『借り』ってなんだろ?」

「イタズラでしょうか。どこから出されたものかわかります? 消印は?」

封筒の表を見た大樹は「神戸《こうべ》だな」と答える。

決して近い場所ではない。果たしてそんなところから、イタズラのためだけに手紙を出すだろうか?

「大樹さん。女将さんじゃなくても、心当たりとかありません?」

「さあ……? 名乗ってくれないことにはどうにも」

「ですよねえ。自分の名前も書いてないなんて、ちょっと気持ち悪いかも」

菜穂が顔をしかめる。たしかにこんな手紙がいきなり届いても不気味でしかない。

「この人、『ゆきうさぎ』に来たことはあるんですよね。おでん食べたみたいだし」

碧は便箋の一行目を、指先で示した。

十一月から翌年の二月まで、「ゆきうさぎ」では手づくりのおでんを販売している。晩秋から冬にかけての名物として、昔から常連たちに愛されている料理だ。

(女将さんの知り合い？　なら名乗ればいいのに)

碧が首をひねっていると、何事か考えていた大樹が口を開く。

「十年前の十二月……。俺がこの店ではじめてバイトしたころだな」

「えっ」

「まだ高二だったけど、先代に頼まれて、冬休みに何日か手伝いに来たんだよ。瑞樹も一緒でさ。あのときが最初のバイトで」

「そうだったんだ……。初耳です」

「あれ、話したことなかったか。まあ、四日かそこらだったしな」

苦笑した大樹は、「タマのお父さんにはじめて会ったのも、あのときだ」と言う。

「うちの父ですか？」

「俺が入ったときには、もう常連になってたぞ。やっぱり肉じゃが食べてた」

彼は記憶をたぐるように、両目を細めた。

「ほかの常連さんとも、あのときにだいたいは顔合わせたたな。彰三《しょうぞう》さんに神社のマサさん、桜屋《さくらや》のおじさんみたいな昔からの知り合いも集まってたし……」

（十年前の雪村さんかあ……）

いまの自分よりも年下の大樹。高校生の彼は、何を思って「ゆきうさぎ」で働いたのだろう。大学よりも前の時代の話は未知の領域だったので、碧は心持ち身を乗り出した。

「その話、詳しく話してもらえませんか？　なんか気になって」

「え……」

「あ、それ私も聞きたいです。そのころはまだ料理とかできなかったんですよね？」

すかさず菜穂が加勢する。彼女もまた、好奇心でうずうずしているのだろう。

ふたりの期待に満ちたまなざしを受けた大樹は、やがて降参したように肩をすくめた。

「わかったよ。おもしろい話かどうかは知らないけど」

そして大樹は、ゆっくりと語り出す。

十年前、自分がはじめて「いらっしゃいませ」と言った日のことを。

――十二月二十四日、十八時三十七分。

少し前に高校の終業式をすませ、冬休みに入っていた大樹は、瑞樹とともに電車を降りた。右肩にかけているのは、数日ぶんの衣類を詰めた黒いデイパック。荷造りを面倒くさがった弟の服も入れてあるので、パンパンにふくらんでいる。

日が落ちた外は、凍えるような風が吹いていた。いまにも雪が降ってきそうだ。

「足が痛い」

自分よりも身軽なくせに、瑞樹はふらふらとホームのベンチに座りこんだ。

「まさか電車が一時間半もストップするなんて。家を出たの三時前だったのに」

「おまえ体力なさすぎだろ。もっと鍛えろよ」

顔はそっくりだと言われるが、弓道をやっている大樹とは違って、瑞樹は痩せ型でひょろりとしていた。しかし頭はかなり良く、大樹には手が届かない進学校に通っている。

「遠慮しとく。運動すると疲れるから」

きっぱり答えた瑞樹は、近くの売店をちらりと見た。素の両手をこすり合わせながら、物言いたげな目でこちらを見上げる。

察した大樹は売店に足を運び、好物のホットココアを買ってやった。

受け取った瑞樹は礼を言い、ボトルのキャップをひねった。一口飲んで息をつく。

「美味い……。けど糖分が足りない。もっと脳にブドウ糖を行き渡らせないと」

「おまえなあ……」

そうは言いつつも、大樹はついでに買っておいたチョコレートの箱をつき出す。頼られるとつい世話を焼いてしまうのは、自分が兄だからなのだろうか。

「生き返った。よし、行こう」

小腹を満たしてココアを飲み終えた瑞樹は、ようやく立ち上がった。

ふたたび歩き出した大樹たちは、駅を出て商店街に入り、祖母の店をめざす。

「そういや今日って、クリスマスイブか」

「俺たちには関係ないな」

「けど糖分補給はしたい。桜屋のショートケーキ、チーズケーキ、ロールケーキ……」

「バターケーキ、チョコレートケーキ……腹減ってきた」

電飾に照らされた商店街は、リボンやリース、そしてきらめく金のモールで華やかに彩られている。これらも二十五日を過ぎれば、とたんに年末ムードに変わるのだろう。

一軒だけあるコンビニの前では、サンタの格好をした店員がクリスマスケーキを売っている。さらに奥に進むと福引きをやっていて、特設された会場の前に何人かの人が集まっていた。抽選器を回すガラガラというおなじみの音が聞こえてくる。

「ところで兄貴、家のほうに行けばいいのか？　それとも店？」

「駅着いたとき電話したら、店に入ってこいってさ」

祖母の雪枝は、この地に店を構えて十五年になる小料理屋の女将だ。子どものころは毎年、夏休みに瑞樹と一緒に遊びに来ていたが、高校に入ってからは年始の挨拶《あいさつ》のときくらいにしか会わなくなっていた。

『高校生だもの。忙しくてこっちに来る暇もないわよね』

祖母は笑っていたが、少しさびしそうではあった。そのときは祖父の純平《じゅんぺい》がいたからよかったが、残念ながら今年のはじめに亡くなった。

店はバイトを雇っているので、なんとか切り盛りできる。しかし三日前、バイトの大学生がインフルエンザにかかってしまったという。そこで祖母は冬休みに入る孫たちに目をつけ、電話をかけてきたのだ。

『もちろん、バイト代はちゃんと出すから。できれば年末の最終日までやってくれると助かるんだけど』

どうしようかと思っていると、話を聞いた母から『行きなさい』と命じられた。

『あんたたち、どうせ家にいてもゲームとかしてるだけでしょ。だったらおばあちゃんのお店でキリキリ働いて、役に立ってきなさい。三食寝床仕事つき。ご飯のおいしさは保証付き。こんな条件のいいバイト、なかなかないわよ！』

『まあ、たしかに』

『それで、帰るときには例のコロッケ、冷凍で送ってね。大晦日《おおみそか》の夜に食べたいから』

現金な母と『できれば卵の味噌《みそ》漬けも……』と便乗する父に送り出されて、大樹と瑞樹はここまでやってきたのだ。

そんなことを考えているうちに、目的の建物が見えてきた。

小料理屋「ゆきうさぎ」。祖母が昔から抱いていた夢を実現させた、家庭的であたたかな雰囲気に満ちた店だ。引き戸の奥から漏れる光に、白い暖簾《のれん》が照らし出されている。

「客、いるんじゃないか？」

「いるかもな。でも表から入れって言われたし」

ためらう瑞樹を尻目に、店に近づいたときだった。

出入り口の引き戸が勢いよく開いたかと思うと、中から誰かが飛び出してくる。

「うわ!?」

大樹は間一髪で避けられたが、背後で短い悲鳴があがった。ふり返ると、相手とぶつかったらしい瑞樹がよろめいている。

「大丈夫か？」

「なんだあれ……。謝りもしないで」

顔をしかめた瑞樹がずれた眼鏡を直したとき、雷が落ちたような怒声が響き渡った。

「二度と来るなァ!!」

すさまじい迫力にぎょっとして視線を向けると、戸の前にはいつの間にか、七十歳くらいの男性が仁王《におう》立ちしていた。小柄なその人は鬼のような形相でこちらに足を踏み出したが、すぐに「うっ!?」とうめいて腰を押さえる。

「痛《い》ってえ……。くそ、あと十歳若けりゃバッチリ決まったのに」

(あの人、前に会ったことあるような……?)

腰をさするその人をじっと見つめていると、ふいに目が合う。

「そこの兄ちゃん、見せもんじゃねえぞ」

不機嫌そうな顔で凄《すご》まれてしまった。それなのにまったく怖くないのはなぜだろう。見覚えがあるからか。

「彰三さん、態度が『その筋の人』になってる」

「あぁ?」

「通行人ビビらせてどうするんだよ」

第三者の声が割って入った。暖簾をかき分け、ひょいと顔をのぞかせたのは長身で体格のよい青年。大樹は、「あっ」と声をあげる。

「マサさん！」

「ん？　……って、誰かと思えば大樹と瑞樹か！　何年ぶりだ？」

強面《こわもて》を崩して笑ったのは、彰三の手下――ではなく、近所にある樋野《ひの》神社の跡取り息子、雅晴《まさはる》だった。大樹よりも四つ年上の大学生で、子どものころは瑞樹も含めてよく遊んでもらった兄貴分だ。

「大ちゃん……と、みっちゃん？」

彰三の表情から、憑《つ》き物が落ちたかのように怒気《どき》が消えた。あっけらかんと破顔する。

「いやー、すまん！　ちょいと気が立ってたもんだからよ」

許せと言った彰三は、あらためて大樹たちに目を向けた。

「それにしても、少し見ないうちにでっかくなったなぁ。おれが最後に会ったときは、まだ小学生だったろ。ふたりで店ン中ちょろちょろしてたな」

思い出した。この人は「ゆきうさぎ」の常連、久保《くぼ》彰三だ。

祖母の家にあずけられていた夏休み、店がすいているときは、大樹たちはそちらで食事をとっていた。なじみの常連は気のいい人たちばかりだったから、子どもがいても嫌がることなく、むしろ率先してかまってくれた。その筆頭が彰三だ。

「『角煮のおっちゃん』、久しぶり」

「その呼び方はいいかげんやめろや、みっちゃんよ」

彰三が肩をすくめる。そういえば昔、分けてもらったことがあった。

「ところで大ちゃんたち、なんでここに――」

言葉をさえぎるかのように、寒風が吹きすさぶ。薄着の彰三が大きなくしゃみをしてしまい、腰に響いたのか「うおお」と身もだえた。

「あーあ……。もう歳《とし》なのに無理するから」

「人を年寄り扱いするんじゃねえ。マサよ、おまえはいつも一言多いな」

「これでも心配してるんだけど」

彰三の体を支えた雅晴が、「大樹たちもここに用があるんだろ」と言った。彼らに続いて店内に足を踏み入れると、暖房であたためられた空気にほっとする。

外はクリスマスモードで盛り上がっているが、この店はいつもと変わらず落ち着いていた。ほかのお客は小上がりにふたりだけ。思っていたよりも少ない。

「彰三さん、外寒かったでしょ」

カウンターの内側から心配そうに声をかけてきたのは、割烹着《かっぽうぎ》姿の祖母だった。孫たちの顔を見て「あら」と目を丸くする。

「大樹と瑞樹、いらっしゃい。電車が停まっちゃったんですって?」

「なんか機械のトラブルだったみたいでさ」

「災難だったわね。毬子《まりこ》と篤《あつし》さんは元気？　旅館もこの時期は忙しいでしょう」

「元気元気。ふたりとも風邪ひとつひかずにバリバリ働いてる」

カウンターの上にはお猪口《ちょこ》と徳利《とっくり》、そして食べかけの料理の皿が置いてあった。彰三と雅晴が並んで椅子《いす》に腰かける。

「うー、あいつのせいですっかり冷えちまったじゃねえかよ。雪枝さん、なんかこう体の芯からあったまるモンないかい」

「だったらおでんはどう？　すぐに出せますよ」

「お、いいねえ。マサ、おまえも食え食え。今日はおれのおごりだからな。クリスマスに彼女にフラれた悲しい男のなぐさめ会だ」

「フラれてない。今日明日は仕事で会えないだけだって。何回言えばわかるんだよ」

軽く口をとがらせた雅晴が、「好きなだけ頼んでやる」と言ってお品書きを開いた。住まいが近所で家族ぐるみの交流があるそうなので、雅晴は彰三に遠慮がない。

そんな彼らを微笑《ほほえ》ましく見守る祖母が、大樹と瑞樹に目を向けた。

「ふたりとも座りなさい。今日はこの通りすいてるし、お客さんでいいから」

「お客、もっと多いかと思ってたんだけど」

「クリスマスイブだもの。こういう日はやっぱり、うちみたいな和食の店より洋風のレストランに行きたくなるんじゃないかしら。常連さんはお父さんが多いから、今日は家族サービスしないとね。プレゼント買ってサンタになって」

祖母が優しく笑った。店がガラガラなのは特に気にしていないらしい。

「おれはハイカラなとこより『ゆきうさぎ』のほうがいいけどな！」

「ありがとう、彰三さん。でも帰るときは奥様にお土産《みやげ》くらいは買っていってね」

「お、おうともよ……」

人より口が回る彰三も、祖母にはかなわないようだ。

カウンター席に腰を下ろした大樹と瑞樹は、雅晴が見せてくれたお品書きをのぞきこんだ。冬仕様になっていて、体があたたまりそうな料理が多く載せられている。

「あれ、牛すじも入ってるんだ」

瑞樹が嬉しそうに言った。そういえば、母がつくるおでんには入っていない。

「関西じゃ定番なんだよな」

「いまではこっちでも見かけるけど、うちのおでんには入れてなかったのよね。お客さんのリクエストで去年からはじめてみたら、けっこう常連さんにも好評で」

「ふーん。じゃ俺、これ食べたい。あと玉子とハンペンと……あ、ちくわぶも」

「ハンペンとちくわぶは関西では入れないみたいなのよねえ。味も地方によって違うし」

注文を受けた祖母は、仕切りがついた業務用の四角い鍋から、手際よくタネをとり分けていった。串に刺してあるものははずして、食べやすいようにする。

大樹の前に置かれた皿には、瑞樹につられて頼んだ牛すじ肉と餅巾着《もちきんちゃく》、焼きちくわにコンニャク、そして透明感のある琥珀《こはく》色のつゆがたっぷり染みこんだ、輪切りの大根が盛りつけられていた。白い湯気が立ちのぼっていて、ふんわりと出汁の香りがする。

「彰三さんは熱燗《あつかん》のお代わりね。どうぞ」

笑顔の祖母からお酌《しゃく》をしてもらった彰三は、お猪口に注がれた熱い日本酒をくいっと飲み干した。「やっぱ冬はこれだよなあ」と幸せそうに顔をゆるめる。

そんな彰三の横で、大樹は牛すじ肉を箸《はし》でつまみ上げた。

「いただきます」

口に入れると、ぷるんとしたやわらかな食感。

ほどよく脂《あぶら》が落とされていて、臭みもなくさっぱりとした味わいだ。醤油をベースにしたつゆの旨味《うまみ》がしっかり閉じこめられており、脂身のとろけるような舌ざわりが心地よい。

牛肉好きの瑞樹も気に入ったらしく、夢中になって頬張っていた。

「美味い。これ、かなり時間かけて煮てるよな」

「大事なのは下ごしらえね。牛すじは下茹《ゆ》でしておかないと硬さと臭みがとれないし。おでんは冬の人気メニューだから、手間もかけるし気合いも入れてるわよ」

甘みのある冬大根もじっくりと煮込まれていて、噛《か》むと中に染みこんだ熱いつゆが口の中であふれ出した。熱々を頬張っていると、冷えた体もあたたまっていく。

「そういえば、彰三さん」

餅巾着を食べながら、大樹はおでんを肴《さかな》に熱燗を楽しむ彰三に話しかける。

「さっき、なんであんなに怒ってたんですか？　誰か追い出してたみたいだったけど」

「うん？　あー……あれな。あれはその、なんつーか……」

「たいしたことじゃないのよ」

言葉を濁《にご》す彰三の代わりに、祖母が言う。彰三の剣幕を見れば、たいしたことだ。

納得できずに反論しかけたとき、隣に座っていた雅晴が口を開いた。

「この土地を売ってくれって、しつこく迫ってくる奴がいるんだよ」

「えっ」

「おい、マサ……」

「雅ちゃん」

ふたりにたしなめられても、雅晴は「いいじゃないか」と言い切った。

「大樹たちだってもう高校生なんだから、事情は教えてもいいと思う。また何かあったときのために、身内でも知ってる人がいたほうがいいだろうし」

「マサさんの言う通りだよ。その様子じゃ母さんたちにも言ってないだろ」

大樹の指摘が当たっていたのか、祖母はばつが悪そうな表情になった。彰三と顔を見合わせ、少し考えてから「そうね」とつぶやく。

「土地を売ってほしいって言われてるのは本当。うちだけじゃないけどね」

「ここら一帯買い取って、マンションだかなんだか建てたがってる業者がいてなぁ」

祖母の言葉を彰三が引き継いだ。

「駅前の開発計画が決まって、来年の春くらいから工事がはじまるんだよ。何年か後には駅の上と東口のほうにでっかいビルが建つんだと」

「いまの駅は小さくて、お店も少ないでしょ。このままだとさびれる一方だしね」

なんでも駅に直結したビルを建て、商業施設にする予定なのだそうだ。開発が終われば利便性が高まり、この町に移り住んでくる人も多くなる。人口増加を見込んで、駅の近くに新しいマンションやアパートを建てようとする業者が複数、動いているらしい。

駅ビルができるとなると、この商店街は少なからずダメージを受けるのではないか？

祖母は「これぱっかりはどうにもできないわ」と苦笑いする。

「五十山《いそやま》さんも、持ってた土地だいぶ売っちまったみたいだしなあ」

「イソヤマさん？」

首をかしげる大樹に、祖母が「このあたりの地主さんよ」と教えてくれる。

「土地はほとんど駅の向こう側にあるけどね。築年数が古いマンションとアパートを、何棟か手放したみたいよ」

「店子《たなこ》にちゃんと事情は話したのかねえ？」

「大家が代わるだけじゃなくて、建物自体を取り壊すわけだしね……。まさかいきなり追い出すようなことはしないと思うけど」

「だといいけどさ。あの人、あんまいい噂《うわさ》聞かねえんだよなぁ」

彰三がお猪口を片手に眉をひそめる。大樹は「でも」と口を挟んだ。

「ここは借家じゃなくて、じいさんたちが買った土地だろ」

この店も裏の母屋《おもや》も、大工の彰三と打ち合わせを重ねた末に、できる限りの希望をかなえてもらって建てたと聞いている。設備や内装だけではなく、建物そのものに、祖父母のこだわりが反映されているのだ。思い入れも深いだろう。

『純さんも亡くなってしまって、私もいつの間にかこんな歳……。そろそろお店を継いでくれそうな人を探さないと』

母から聞いた話では、祖父の四十九日が終わったあと、祖母はそんなことを言っていたそうだ。後継者のことを考えているのなら、土地を手放す気はないはず。

雅晴の前にビールジョッキを置いた祖母は、「もちろんよ」とうなずいた。

「この土地は、純さんが私のわがままをかなえて買ってくれたのよ。そう簡単に手放すものですか」

「けどあいつ、しばらくはあきらめそうにないよな」

「さっきは彰三さんがいてくれたから助かったけど、また来そうね」

大樹の頭の中に、店から飛び出してきた謎の人物の姿が思い浮かんだ。

「もしかして、さっき瑞樹にぶつかってきたのが――」

「業者の回し者だ。向こうも仕事だから、おれが一回釘刺したくらいで引っこむとは思えんけどな。あとは適当にあしらっておくしかないだろ」

「それしかないわね。ご近所さんたちも同じこと言ってたし、向こうが引き揚げるまでは丁重にお断りを続けるわ」

祖母はきっぱりと言った。気を取り直すように追加の注文をたずねると、彰三がグラス入りの日本酒を頼む。

「雪枝さん、せっかくだから出汁割りにしてくれや」

はいと答えた祖母は、おでんの鍋からお玉でつゆをすくいとると、七割ほど注がれていた日本酒のグラスの中にそっと入れた。口をつけた彰三は「あー、これが最高なんだよなあ」と笑いながらつぶやく。

「さ、この話はここで終わり！　せっかくのイブなんだから、おいしいものを食べてもっと楽しい話をしましょう。雅ちゃんの彼女のこととか」

「えっ！　なんで俺？」

「だって前から気になってて。どんな子か見たいのになかなか連れてきてくれないから」

「いや……女将さんに紹介するのって、親に会わせるのに近い感覚が……」

「宮司《ぐうじ》さんたちには内緒にしておくから大丈夫。朱音《あかね》ちゃんだったかしら」

「なぜそれを!?」

雅晴が大げさにのけぞった。どうしてでしょうと、祖母は意味ありげに笑う。

「年長者の情報網を甘く見ちゃいかんなあ。大ちゃんとみっちゃんはどうなんだい」

自分たちにまで水を向けられ、大樹と瑞樹はそろって「うっ」と言葉に詰まった。

「俺は……何もないですよ。男子校だし」

「別に俺も……。共学だけど」

「ほんとかねえ？　ま、高校生ならしゃあねえか。なら今夜はマサの話が肴だな」

「彰三さーん……」

雅晴が情けなく眉を下げたとき、格子戸《こうし》が開いて新しいお客が入ってくる。少しずつにぎわいを見せはじめる中で、イブの夜は更けていった。

翌朝目を覚ますと、なぜか枕元に赤いブーツが置いてあった。小さな子どもがよろこぶような、リボンと鈴がついたブーツの中に駄菓子が詰まったあれだ。

隣に敷いた布団で寝ていた瑞樹の枕元にも、同じものが置いてある。

「……サンタが来た？」

まだ寝ぼけているのか、裸眼を細めた瑞樹がつぶやく。そのサンタクロースはとても近く――一階の台所にいた。

コンロの前に立って朝食の支度をしていた祖母が、視線に気づいてふり返る。

「おはよう。プレゼントもらった？」

（子どもじゃないのに……）

そう思ったけれど、なんだか楽しそうだったので、まあいいかと笑う。糖分補給の素を手に入れた瑞樹もご満悦だ。

「朝ご飯できたから、お味噌汁とご飯よそってね。お茶碗はそこにあるから」

瑞樹が味噌汁の鍋に近づいたので、大樹は炊飯器の蓋《ふた》を開けた。炊《た》きたての白米を三人ぶんよそっていく。祖母は軽く、瑞樹は普通、自分はてんこ盛りにする。

テーブルの上には、鯵《あじ》の開きときれいに巻かれただし巻き玉子、あおさとネギの味噌汁とカブの千枚漬けが並んでいた。席に着いた大樹はさっそくご飯に手をつける。

茶碗の中の白米は粒が立っていて、水加減もよいのかふっくらしていた。

「美味い！　やっぱり炊きたては最高だよな」

「大樹はあいかわらずよく食べるわねー。三合じゃ足りなかったかしら」

「瑞樹が小食だから大丈夫だよ」

「普通だろ。兄貴が食べ過ぎなんだって」

そんな話をしながら朝食を平らげ、後片づけを手伝ってから、大樹たちは祖母と一緒に店に入った。十一時から昼の営業があるので、三人で準備をはじめる。

「まずはお掃除をしてもらいましょうか。道具は……」

大樹たちは指示に従って店内の掃除を終えた。報告がてらに裏の厨房に入る。

調理台の上には大きなすり鉢。祖母はすりこぎを使って何かをすりつぶしている。顔を上げた祖母は手を止めて「お掃除終わった？　ごくろうさま」と言った。

「それ、何?」

「おでん用のさつま揚げ。つくり置きが切れちゃってね」

祖母は疲れたように、ふうっと息をつく。

「魚をすり身にするのが大変なのよ。機械でやったほうが楽だし早いけど、やっぱり弾力と食感が違うから。でもこれが年々しんどくなってきてねえ……」

なめらかになるまで時間もかかるし、力も使うから大仕事らしい。

「手伝おうか?」

「あら! それはありがたいわ。男の子なら力もあるしね」

祖母の表情がぱっと明るくなった。すりこぎを受け取り、大樹が白身魚の身をすりつぶしている間に、瑞樹は祖母に教わりながら、昆布《こんぶ》と削り鰹で出汁をとる。

大樹も瑞樹も家で料理はしないので、こういった作業は新鮮だった。

「うちのおでんは関東風だから」

祖母はとり終えた出汁に、濃口醬油とみりん、砂糖を加えていく。

すり身が完成するとボウルに移し、卵を落とし入れた。細かくしておいたごぼうやニンジンを混ぜて練り合わせる。できあがったそれをまな板の上で成形して、形を崩さないよう包丁で削るようにして取った。熱した油の中に入れると、じゅわじゅわと音を立てる。

「大樹、意外に上手じゃないの。料理の才能があるかもしれないわよ」

「そうかな？　はじめてやったんだけど」

いい色になったさつま揚げを味見する。揚げたては香ばしくふんわりしていて、魚の味もしっかり感じられた。このままでもおいしいけれど、出汁をとったおでんのつゆに沈めて煮込めば、また違った味わいを楽しめるのだろう。

そして十一時になると、暖簾を外に出して営業がはじまった。

「い……いらっしゃいませ」

戸を引いて入ってきたお客に、大樹はぎこちなく笑いかける。

高校の文化祭で模擬店をやったことはあるけれど、それとこれとは違う。仕事なんだと思うと緊張してしまい、口もうまく回らない。

「お？　新顔だな。新しいバイトか？」

一方の常連たちは、興味を引かれたのか気さくに話しかけてきた。

「女将さんの孫かー。言われてみれば似てるなぁ」

「双子？　え、違う？　そっくりだからそうかと思ったよ。どっちが兄貴だ」

「ふたりともいい顔してんねえ。さすがは女将さんの孫！　バイト頑張りなー」

彼らは不慣れな大樹たちのちんたらした仕事ぶりを見ても、文句はつけてこなかった。

むしろ笑顔で見守りながら、逆にいろいろ教えてくれる。

働く人々は休憩時間が限られているので、長居はできない。祖母は調理に専念し、大樹と瑞樹は接客に回った。十二時から十三時までの間は特にお客が多く、次々と注文の声が飛んでくる。

(ばーちゃんは毎日、こうやってお客の相手をしてるのか)

バイトを雇っているとはいえ、七十過ぎの身で店を切り盛りするのは大変だろう。

それでも祖母は疲れた表情ひとつ見せずに料理をつくり、カウンター席の常連と楽しそうに会話している。

年金をもらっているし祖父の遺産もあるので、本当は働く必要がないのだ。いまも店を続けているのは、ここで仕事をすること自体が生きがいになっているからに違いない。

『私、このお店の名前がすごく気に入っていてね』

子どものころ、祖母は優しく微笑みながら言っていた。

『純さんが私の名前をヒントにつけてくれたの。「うさみゆきえ」で「ゆきうさぎ」。洒落《しゃれ》だけど可愛《かわい》いでしょ。ね、純さん?』

隣で話を聞いていた祖父は、少し照れたような表情でうなずいた。

『正月に毬子の旅館に招待されて、温泉で雪見酒を飲んでいたときに思いついたんだ』

明るく世話好きな祖母と、口数少なく真面目な祖父。

性格は違うけれど仲睦《むつ》まじい、そんな祖父母の幸せそうな姿を見るのが好きだった。しかし時が流れていく以上、不変なものは存在しない。祖父はこの世を去り、ふたりが仲良く寄り添う光景を目にすることは、二度とかなわなくなってしまった。

そうこうしているうちにランチタイムが終わり、休憩を挟んで夜の営業時間になった。

昼ほどではないが客入りはそこそこで、昨夜よりは多かった。仕事帰りの会社員がほとんどで、若そうな人はあまりいない。

「大樹。これ小上がりに運んでくれる?」

料理の皿とグラスが載ったお盆を祖母から受け取り、座敷に行く。座卓の前には六十代くらいの男性がふたり、向かい合わせに座っていた。

「お待たせしました」

声をかけると、彼らは大樹を一瞥《いちべつ》した。すぐに視線をはずして話に戻る。

「じゃあ、いい値で売れたんですか。うらやましい」

「もともと使い道のない土地だったからな。とりあえずアパート建てて店子を入れておいたが、家賃なんぞ雀《すずめ》の涙。それならいっそ売り払ってカネに換えたほうがいいだろ。駅前開発のおかげで地価も上がったしな」

「タイミングがよかったわけか。五十山さんは昔から運がいいですよねえ」

（イソヤマさんって……）

昨日聞いたばかりの名前だ。土地の話をしているし、もしかしてこの人が例の地主なのだろうか。彰三はあまりいい印象を持ってはいないようだったけれど……。

「でも、店子と揉《も》めませんでした？　建物取り壊すなら、とりあえずは出てってもらわなきゃならないわけだし」

「知らん。もう俺は大家じゃないからな。その話は土地買った業者がするだろ。家賃の支払いが遅れる連中もいたし、縁が切れてせいせいしたわ」

（自分で話してないのかよ！）

無責任な発言におどろいて、座卓に置きかけたグラスをうっかり倒してしまった。中味がこぼれ、濃厚な酒の匂いが広がる。

「おい、何してるんだよ！」

「すみません！」

怒鳴られた大樹は、あわてて厨房に戻った。祖母から渡された布巾で座卓を拭《ふ》いているとなおも文句を言われたが、何度かあやまって事なきを得る。

「ったく……。これまでのバイトはどこ行ったんだ。辞めたのか」

「いえ、ちょっと体調が悪くて休みを」

「新人はこれだから使い物にならん。しかも男じゃな。酌のひとつも頼みたくないわ」

「……」

見下すように鼻を鳴らされて、反射的にむっとしてしまったが、悪いのは自分だ。それにお客相手に失礼があってはならない。感情を押し殺した大樹はもう一度頭を下げると、その場をあとにした。


しばらくして五十山たちが帰ると、大樹は安堵《あんど》して胸を撫で下ろした。

店に来てくれるのはありがたいけれど、あの人はほかの常連のように好きになれそうにない。彼らは会計するとき祖母にも嫌味を言っていたが、祖母は角が立たないよう、穏やかに応対していた。自分のせいで迷惑をかけてしまい、気分が落ちこむ。

「失敗は誰でもするもの。次からは気をつけてね」

祖母はそう言った。さすが十五年も店をやっているだけあって落ち着いている。

「五十山さんは月に一、二回来てくださるの。少し気むずかしい方だけどね」

「気むずかしいっていうより、感じが悪い」

「お客さんはみんな平等。接客しているときは、個人的な感情を表に出しちゃだめよ。このお店にいる間は、誰でも楽しく過ごしてもらいたいんだから」

その後は特にトラブルもなく、和《なご》やかな雰囲気のまま時間が過ぎていく。

二十一時を過ぎ、お客もだいぶ少なくなってきたころ、ゆっくりと戸が開いた。

「こんばんはー……」

「桜屋さん、お疲れさまでした」

ふらりと入ってきたのは、白いコックコートの上からジャンパーをはおった桜屋洋菓子店の主人だった。げっそりと疲れ果て、ゾンビのような顔色だ。

「戦いが終わった……。女将さん、これ。よかったら振る舞ってください」

主人は手にしていた細長い箱を差し出した。カウンターの外にいた大樹が受け取る。

厨房に入って箱を開けたとたん、瑞樹の表情がぱあっと明るくなった。

「ケーキだ……！」

中に入っていたのはクリスマスの定番、ブッシュ・ド・ノエルだった。

チョコレートかココア（と思われる）を混ぜて焼き上げた、丸太型のスポンジ生地の上には、雪に見立てた生クリーム。みずみずしい苺《いちご》のシロップ漬けは、光を受けてキラキラと輝いている。ラズベリーには粉砂糖がふりかけられ、ヒイラギの葉が飾られていた。

そして中央のチョコプレートには、もちろん「Merry Christmas《メリークリスマス》」の白文字。

「毎年、閉店したあと持ってきてくれるのよ。わざわざ一台確保してくれてね」

丁寧にケーキを切り分けた祖母は、店にいたお客に声をかけ、希望者に一切れをサービスした。これも毎年恒例らしい。

「二切れ残ったから、あとで大樹たちが食べなさい。高校生は十時で上がりだから」

「やった」

冷蔵庫に入れられるケーキを見ながら、瑞樹が小さくガッツポーズをとる。

「大ちゃんとみっちゃんがいたなら、もっと大きなものとっておけばよかったな」

カウンター席に座った桜屋の主人が、お通しの玉子豆腐をつつきながら笑った。祖母が用意した熱燗の日本酒を口にすると、恍惚《こうこつ》とした表情になる。

「あーこれだよ……。この一杯を楽しみに乗り切ったんだよ……」

「今年はどうだったの？　売れ行き」

「おかげさまで去年より一割増だったんですよ。新作のフルーツタルトの予約が思ったより伸びたもんで。プリンの売れ行きも上々でした」

「よかったわねえ。これで心置きなく蓮《れん》くんたちにお年玉あげられるんじゃない？」

「ええそりゃもう、正月は奮発してやりますよー」

注文したおでんのつみれ団子を頬張った桜屋の主人は、「そうだ」と顔を上げる。

「土地売ってくれっていう例の業者、まだ女将さんのとこにも来てます?」

「昨日来たわよ。売る気はないって言ってるんだけど、なかなかあきらめてくれなくて」

「しつっこいなぁ……。一部の店が売ることを考えてるみたいだから、説得すればどうにかなるとか思ってるのかもな」

初耳だったのか、祖母はおどろいたように両目をしばたたかせる。

「あら、そうなの?」

「噂ですけどね。新しい駅ビルができるじゃないですか。何年も先のことだけど、完成したら確実にこっちに影響出るだろうし。だったら高く売れる間に売っておいて、新しいビルのテナントに移転すること考えてるみたいで」

「駅に直結で、新築でしょ?　立地はいいけど賃料は高いんじゃない?」

「ここら一帯の店なら、少し安くなるみたいですよ。まあそっちのほうが売れ行きはよくなりそうだけど。商店街を捨てることになるわけだから、いい気分はしませんけどね」

「時代の流れとはいえ、さびしいわねえ……」

近くで話を聞いていた大樹の耳に、祖母の声がせつなく響いた。

(駅前開発か……)

子どものころから変わらないと思っていた、昔ながらの雰囲気を残した商店街。けれど数年後には、いったいどうなっているのだろう。人も店も物事も、不変のものなどないのだと、あらためて思い知らされた。


それから四日が過ぎた、十二月二十九日。

年内の営業最終日の今日は、仕事納めの人も多いようで、夜は解放感にあふれたお客たちでいつもよりもにぎわっていた。大樹と瑞樹のバイトもこれが最後で、三十一日には祖母と一緒に実家に帰る予定だ。

『三十日にはおせちの仕上げをするから、手伝ってもらえないかしら』

祖母は何日か前から少しずつ、料理をつくり続けていた。定番の田作りや紅白なますにほんのり甘い錦《にしき》玉子、時間をかけて煮込んだ煮豚《にぶた》、渋皮煮の栗きんとん。祖母が毎年、重箱に詰めて持ってきてくれるおせち料理は、雪村家の正月のお楽しみになっている。

ラストオーダーを締め、通常より一時間早い、二十二時の閉店が近づいていたときだった。戸が開き、背の高い四十前後の男性が姿を見せる。

「女将さん！」

黒縁の眼鏡をかけたその人は、なぜか顔をこわばらせていた。

「玉木さん、どうかされました？」

祖母が首をかしげる。玉木と呼ばれた男性は、ちらりと外に視線を向けた。

「店の前に座りこんでる人がいるんですよ。具合が悪いのかぐったりしていて……」

えっと声をあげた祖母が、カウンターの外に出た。大樹と瑞樹もあとを追う。

格子戸の外では、ちらほらと雪が舞っていた。吐く息が白く見えるほど気温が低い中、店の壁に背中をあずけ、ひとりの男性が座りこんでいる。

「大丈夫ですか？　救急車を呼びますか？」

膝《ひざ》をついた祖母が声をかけると、男性は小声で何かを言った。祖母が耳を近づける。

「平気だって言ってるけど……。とにかく中に入ってもらいましょう」

大樹がその人に近づくと、むわっと酒の匂いがした。これはかなり飲んでいる。

体を支えて店内に入り、座敷に横になってもらう。明かりの下で見たその人は四十歳くらいで無精《ぶしょう》ひげを伸ばし、くたびれた服を着ていた。一方、玉木浩介《こうすけ》と名乗った第一発見者は、きちんとしたスーツにコート姿。同年代なのにだいぶ雰囲気が違う。

「酔い過ぎみたいね。アルコール中毒にまではなってなさそうだから、しばらく様子を見ましょうか」

厨房に戻ってきた祖母は、浩介に熱いお茶を淹《い》れた湯呑《ゆの》みを差し出した。

「玉木さんはお仕事帰り？」

「ええ。家に戻る途中だったんですけど、まさかあんなところに人がいるとは」

「この時間じゃ人通りも少ないし、見つけてもらって助かりました。せっかくだし何か召し上がっていきます？」

「でもラストオーダーは終わったんじゃ」

「かまいませんよ。遅くまでお仕事でお腹もすいてるでしょう」

浩介は「それなら」と、肉じゃがを頼んだ。温めたそれを出すと、浩介は眼鏡の奥の目を丸くして大樹を見上げた。

「バイトの子かな？」

「いえ、女将の孫なんです」

「お孫さんか。ここには今年から通いはじめたんだけど、特にこれが絶品でね」

穏やかに微笑んだ浩介が、肉じゃがに箸をつける。

他愛ない話をしていると、座敷で寝ていた男性がむくりと起き上がった。瑞樹が持っていったコップの水を飲み干して、申しわけなさそうにうつむく。

「すみません……。ご迷惑をかけたみたいで」

「お気になさらないで。具合はいかがですか？」

「さっきよりはよくなりました。空《す》きっ腹に飲んだから悪酔いしたみたいで」

「あら……それは酔いが回りますよ。適度にお料理もつまんでおかないと。もしよろしければ、おでんでも食べていかれます？」

「え……」

「少し体をあたためたほうがいいですよ。体温が下がっているかもしれないし」

「いえ、けっこう。これ以上長居するわけには」

言いかけた男性は、ふいに腹部に手をあてた。近くにいた瑞樹が目を丸くする。

「すごい腹の音」

それを聞いた祖母はにっこり笑った。

「すぐにご用意できますよ。うちのおでんは自慢なの。ぜひ召し上がっていって」

空腹には逆らえなかったのか、男性は小さくうなずいた。瑞樹がカウンター席に案内すると、浩介が座っている場所からひとつ空けた椅子に腰かける。

好き嫌いはありますかと聞かれた彼は、特にないと答えた。祖母はおでんが煮込まれている鍋から、いくつかのタネをとり分けて皿に盛る。

「いただきます」

男性は遠慮がちに箸をとった。

まず手をつけたのは、豆腐をつぶして根菜やひじきを混ぜ、油で揚げたがんもどき。つゆに浸ってやわらかくなったそれを、おそるおそる口に入れる。

「美味い……」

それまで冴えなかった表情が、日が差したように明るくなった。

気に入ってくれたのか、さつま揚げや結び昆布も勢いをつけて食べはじめる。皿が空になるころには青白かった顔の血色がよくなり、口角も上がっていた。

「こんな美味いもの、久しぶりです。最近は適当なものしか食ってなくて」

「ありがとうございます。お代わりもありますからね」

おでんを平らげて満足そうに息をついた男性は、ハッと我に返ったように瞬《まばた》いた。

「あ、あの……」

「はい？」

「も、申しわけない。その、さっき飲んだぶんで手持ちの金を使いきってしまって」

ポケットから引っぱり出したよれよれの財布の中を確認した男性が、「三十七円」と絶望的につぶやく。きょとんとした祖母は、すぐに微笑んだ。

「お代はいりませんよ。私が勝手におすすめしたんだもの」

「そういうわけにはいきません！　カードも止められてるからいまは払えませんけど、えーと……。ツケ！　ツケにしておいてもらえませんか。必ず払いに来ますから」

男性は律儀にそう言って、冷めかけていたお茶を一気に飲み干した。湯呑みをカウンターに置くと、のんびり鮭《さけ》茶漬けをすすっていた浩介に目を向ける。

「お仕事だったんですか？」

「ええ。今年いっぱいはやることがあって。正月も休めるのは二日間だけなんですよ」

「それは大変ですね……。でも仕事があるだけうらやましい。俺なんか会社リストラされたうえに住むところまでなくなりそうで……」

ため息をついた男性が、しょんぼりとうなだれる。

「うちのアパートの大家が、業者に土地を売ってしまったんですよ。なんでも新しいマンションを建てるとかで……。寝耳に水だったのでおどろきました。それで賃貸契約が終わり次第、出て行かないといけなくなって。俺は来月で契約が切れるから……」

（その大家ってもしかして）

大樹の脳裏《のうり》に五十山の顔が浮かび上がる。やはり店子が迷惑を被《こうむ》っていたようだ。

「急な話ですね……。次に住むところは決まっているんですか？」

眉を寄せた浩介が問うと、男性は力なく首を横にふった。

「近くにちょうどいいアパートがないんですよ。無職相手に貸してくれるところもないし……。最終的には恥を忍《しの》んで、実家に帰るしかないかなと」

「ご実家はどちらに？」

「神戸です。十五年前に結婚を反対されて飛び出してきたもんだから、どの面《つら》下げて帰るんだって話ですけどね。そこまでして結婚した相手とは、十年もたたずに離婚して。こんなバカ息子がのこのこ帰ってても受け入れてくれるかどうか」

「………」

「それでヤケになって、居酒屋はしごして飲み続けてたらこんなことに」

がっくりと肩を落とした男性は、我に返って顔を上げる。

「あ、すみません！　初対面の方にこんな話して」

「いえ……大丈夫ですよ。いまは不景気ですから、いろいろと厳しいですね」

「せめて職が決まればと思って、いま必死に探してます。おでん食べて元気が出たし、もう少し粘ってみますよ」

「そうですか。お仕事、見つかるといいですね」

冷たい雪が降りしきる中、店を出て帰っていく男性の背中を見つめながら、大樹はぽつりと言った。

「あの人、大丈夫かな」

「そうね……。後日お支払いに来てくださるそうだし、そのときまた話を聞いてみましょう。何か力になれるかもしれないから」

一緒に見送りに出ていた祖母も、心配そうな顔をしている。

来店するなら年明けになるだろう。そのころ、自分はもういないけれど。

(何かあったら教えてくれって、ばーちゃんに頼んでおこう)

しかし、年が明けてもひと月たっても、駅前開発の工事がはじまる春を迎えても、その人が「ゆきうさぎ」にあらわれることは二度となかったのだった。


十二月三十日、二十時八分。

年内の営業を終え、「ゆきうさぎ」は今日から年末年始の休みに入っていた。

「だからさー、飲み過ぎなんだってば。大兄も蓮兄も」

碧の隣を歩いていた星花が口をとがらせる。

「ミケさんまでガバガバ飲んじゃってもう。タマさんはあんま飲んでないよね。せっかく解禁されたのに」

「うーん……。そうなんだけど、お酒の味はまだぜんぜんわかんないなぁ」

「そんなもん？」

「『ゆきうさぎ』で働くなら、ある程度は飲めたほうがいいとは思うんだけど」

碧と星花が手にしているのは、コンビニで買いこんだビールやチューハイの缶が入ったビニール袋。今夜は雪村家で忘年会が開かれているのだが、はじめに用意してあったお酒があっという間になくなってしまったのだ。

『買い出し係は公平にジャンケンだよ！　大兄は料理係だから除外ね』

『星花、俺眠くなってきたからちょっと寝る。クリスマスの疲れがまだとれてなくて』

『うっぷ。私は飲み過ぎたみたいです……。毛布どこですか』

『このマイペースＫＹコンビが……！　どうしてくれよう』

『まあまあ。星花ちゃん、わたしが一緒に行くから』

蓮と菜穂はそろって畳の上に寝転がり、結局ジャンケンは流れてしまった。そのため元気な碧と星花が外に出てきたのだ。

「あ。タマさん、雪だ」

空を見上げると、白く小さな粒が空中を舞っている。マフラーを巻いてコートを着こんでいても、冷気が体に染み渡った。

「寒いはずだよー。早く帰ってあったまろ?」

首をすくめた碧たちは、足を速めて「ゆきうさぎ」をめざす。

途中で通り過ぎた大きなマンションは、昔は商店街の一部だったが、駅前開発に合わせて新しく建てられた。このあたりにはそうやって建設されたマンションやアパートがいくつもある。その際に商店街も縮小し、以前の活気を失ってしまったそうだ。

(駅ビルができて便利にはなったけど……)

悪い意味で変わっていってしまうこともある。時代の流れではあるけれど、防ぐことができなかったのが悲しい。

「ん? 誰かいる」

店が見えてきたとき、星花が言った。戸の前に、ひとりの男性が立っている。

碧の父と同じ――五十歳くらいに見える人だった。上品そうなコートをはおり、和菓子屋らしき店名の入った紙袋を持っている。足下には武蔵《むさし》と虎次郎《こじろう》もいて、紙袋の匂いをしきりにフンフンと嗅いでいた。

「こら、これはエサじゃない。お詫《わ》びの菓子折りなんだよ」

まとわりつく武蔵たちから守るように、男性は紙袋を掲げる。

それでも武蔵たちはあきらめない。紙袋をよこせと言わんばかりに鳴きながら、男性のズボンに前脚《あし》をかけている。

「弱ったな……。誰もいないのか?」

ちらちらと格子戸に視線を投げる彼に、碧は「あの」と声をかけた。

「『ゆきうさぎ』にご用ですか? あいにく昨日で年内の営業が終わっていて……」

「えっ? たしか三十日まではやってたはずじゃ」

男性は顎《あご》に手をあて考えこむ。しばらくして顔を上げた彼は、困ったように言った。

「……一日カン違いしてたみたいだ。まいったな」

前髪をくしゃりとかき上げた男性は、ふたたび碧と星花に視線を戻す。

「きみたちは店の人? ここの女将さんにお会いしたかったんだが」

「女将さんですか?」

(亡くなったこと知らないのかな)

すでに故人であることを伝えると、男性は絶句したあと「そうか」とうなだれた。

「十年経ってるからな。そういう可能性も考えてはいたけど……」

どうやら彼は、十年ぶりにこの店に来たようだ。このまま帰ってもらうのも悪い気がして、せめて用件を聞こうとしたときだった。

「タマ? そんなところで何してるんだ」

母屋の裏口から出てきたのか、ふり向いた先には大樹が立っていた。上着もはおらず長袖《そで》シャツ一枚にジーンズという軽装だ。

「遅いからちょっと様子を見に出たんだけど……そっちの人は？」

「あ、ええと。女将さんに会いに来られたそうで」

男性の視線が大樹に向けられた。じっと見つめたかと思うと、「あっ」と声をあげる。

「きみはもしかして、女将さんのお孫さん？」

「え？　そうですが……」

表情を変えた男性は「やっぱり！」と言って、大樹のもとに駆け寄った。

「あのときは高校生だって言ってたから、もう立派な大人か。もしかしてきみがこの店を継いだのかい？」

「あの……。失礼ですけど、どちらさまでしょうか？」

状況がわからず困惑する大樹に、男性はどこか照れくさそうな表情で続ける。

「きみは忘れてしまったかもしれないが、俺はよく憶えてるよ。十年前にみっともなく酔っぱらってここに座っていたことと、女将さんがすすめてくれたおでんの味をね」

何かに思い当たったのか、大樹がはっと息をのむ。

「十年ぶりに借りを返しに来たんだ。女将さんの代わりに受け取ってほしい」

仏間で先代女将の遺影に手を合わせた男性は、時任《ときとう》と名乗った。

「あのときは名前も言わずに帰ってしまったんだよな。失礼なことをした」

ふり返った彼はさびしげに微笑む。

「食事代はツケにしてくれって言ったのに、その支払いが十年後になるなんて。女将さんもあきれてるだろうな」

背広の内側に手を入れた時任は、白い封筒をとり出した。どこかで見た洋封筒。畳の上に置いたそれを、大樹に向けて押し出す。

「十年前のおでん代です」

「はい、たしかにいただきました」

大樹が封筒を受け取ると、時任はほうっと息を吐いた。表情をゆるめる。

「これでやっと肩の荷が下りたよ。ずっと気がかりだったんだ」

ツケとはいっても、たかだか一回の食事代だ。千円にも満たない。

それを返すのになぜ、十年もかかってしまったのだろう。碧が首をかしげると、時任は恥ずかしそうに頭を掻《か》く。

「情けない姿を見せてしまったからね。今日こそ返しに行こうと思っても、なかなか足が向かなくて。日にちが経てば経つほど返しにくくなるってのに……。そうこうしているうちに引っ越しが決まって、実家に戻ってしまったんだ」

それからも、時任の心の隅《すみ》には常に「ゆきうさぎ」があった。

いっそ手紙をつけて現金書留で送ろうかと考えたが、やはりこういうことは自分から出向いて挨拶するのが礼儀だと思ったそうだ。そんな決意がさらに足かせとなり、一年、二年と時が過ぎていき――

「いつの間にか十年経ってた。最後まで情けない話だ」

「ちょっと前に届いた手紙、あれは時任さんが出したものだったんですね」

大樹の言葉に、時任は「ああ」とうなずいた。

「女将さんから名刺をもらっていたし、住所は知っていたからね。今年こそはと決意表明のつもりで投函《とうかん》したんだが……。徹夜明けに勢いで書いたせいで、文章は短すぎて意味不明だわ自分の名前は書き忘れるわで、わけがわからなかっただろう」

(そういうことだったんだ……)

「でも、よかった。俺も気になってたんですよ。いまは何をされているんですか？」

「家業を手伝っているよ。オーダーメイドの靴屋なんだが、さすがに職人にはなれなくてね。営業と事務をやっている。最近は人気も出てきて二号店も出せたんだ」

誇らしげに話す時任の顔は明るい。

「もちろん最初は苦労したよ。出戻りで肩身が狭いし、卑屈《ひくつ》になっていたから。でも実家を追い出されたらあとがないものだから、必死になって働いてね。やっと家族や従業員にも認めてもらえるようになったんだ」

十年前はどん底だったというが、いまは幸せなのだろう。身なりもきちんとしているし表情も生き生きしていた。その姿に絶望は感じられない。

「あれからいろいろな店でおでんを食べたけど、『ゆきうさぎ』に勝るものはなかったな」

時任はなつかしそうに目を細めた。女将の遺影に語りかけるように続ける。

「あのときは本当に苦しくて……。ろくなものを食べてなかったから、女将さんのおでんが心身に染みたよ。優しく声をかけられて、話を聞いてくれたことにも救われた。女将さんがまだ生きていたら、もう一度食べてみたかったな……」

「先代はもういませんが、おでんならありますよ。よかったらいかがですか？」

え？　と目をぱちくりとさせる時任に、大樹はにっこり笑って言う。

「今日は忘年会なので、特別につくってあるんです」

大樹は客間とつながっている襖《ふすま》を開けた。

　忘年会が行われている和室では、蓮が大の字になって眠りこけ、そのかたわらに菜穂と星花が座っていた。化粧道具（たぶん菜穂のだろう）を使って、にやにやしながら蓮の顔にいたずらメイクをほどこしている。

（遊ばれてるのになぜか似合う！）

「……こいつらは放っておいてください。とりあえず空いているところへ」

　大きな座卓の上には、大樹がつくったおでんの土鍋が置いてある。ほとんどのタネが手づくりという、手間暇かけて煮込んだもの。大樹がカセットコンロの火をつけると、ぐつぐつと音を立てはじめた。

「何か食べたいものありますか？」

「そうだな……。じゃ、がんもどきと結び昆布、さつま揚げに大根と……。あ、牛すじもあるのか。それももらおうかな」

　リクエストを受けた具材を、大樹が皿にとり分けていく。

　席につき、最初にがんもどきを口にした時任は、おどろいたように目を見開いた。

「あのときの味だ……」

「『ゆきうさぎ』の味はぜんぶ、俺が受け継いでいますから」

「そうなのか。まさか女将さんが亡くなってもこの味を楽しめるとは思わなかった。こんなに立派な跡継ぎがいて、女将さんも幸せだな」

顔をほころばせた時任は、ほかの具材にも手をつけていく。

水で戻して結んだ昆布。とれた出汁はおでんのつゆにも加えてある。

大根は皮を剝《む》いて輪切りにし、十字の隠し包丁が入っている。さらに米のとぎ汁で下茹でをして、味が染みこみやすいように工夫されていた。自家製のさつま揚げは二等分に切り、熱湯にくぐらせて表面の油を落としておくと、さっぱりと上品な味に仕上がる。

おでんは下ごしらえが何より大事で、できあがりも大きく左右されるのだ。

『あんまり長く煮すぎるのは失敗の素《もと》なんだ。下ごしらえがしっかりしていれば、時間をかけなくてもちゃんと味が染みてくれる。火加減も弱めでな』

それは大樹が先代から教わった、おでんのコツだ。

練り物に根菜、そして牛すじ。しっかりとった出汁の中で煮込まれたおでんは、それぞれの具材の旨味が溶け合って、なんとも言えない贅沢《ぜいたく》な深みが出る。

大樹は座卓の上に置いてあった酒瓶《さかびん》に手を伸ばした。

「これ、とっておきの古酒なんです。このあと運転する予定がないなら……」

「今夜はこっちのホテルに予約をとってるんだ。お言葉に甘えていただこうかな」

「あ、それならわたしがお酌しますね」

時任は碧が酌をした日本酒を飲み、ほろ酔い加減でおいしそうにおでんを平らげていった。土鍋から立ちのぼるあたたかな湯気に包まれながら、十年前の昔話に花が咲く。

そして彼が帰るときは、碧も一緒に玄関まで見送りに行った。

「今日はいろいろとありがとう。次はぜひ家族も誘ってみんなで来るよ。さすがに十年後にはならないから憶えておいてくれ」

「お待ちしています」

「奥さんも、いきなりお邪魔してすみませんでした」

ふいに視線を向けられた碧は、何を言われたのか理解するなり目を剝いた。

——『奥さん』!?

「い、いえいえ！　いえいえいえいえ！　わたしはただのバイトです！」

「え？　違う？　さっきからずっと一緒にいるし、てっきり若いお嫁さんかと」

「まさか！　違いますよね雪村さん！」

「ああ……その……まあ……」

大樹にとっても思わぬ言葉だったようで、めずらしくうろたえている。時任はにこにこ笑いながら「早とちりですまなかったね」と言ったが、あまり悪びれた様子がない。

「それじゃ、また」

時任が去っていくと、玄関に奇妙な沈黙が流れた。

(全力で否定しちゃったけど、雪村さんはどう思ったのかな……)

気まずいようなくすぐったいような、不思議な時間。何か話すべきかと口を開きかけたとき、一瞬早く大樹が言った。

「こんなところで突っ立っててもあれだな。戻るか」

「そ、そうですね」

大樹は自分用に盛りつけたおでんの皿と三五〇㎖のビール缶、そして小ぶりのグラスを手に窓辺に向かった。座布団を敷いてあぐらをかく。缶のプルタブに手をかけた彼は、その様子を見つめていた碧に笑いかける。

「タマも飲むか?」

せっかくのお誘いなので、碧はこくりとうなずいた。大樹がビールを注いでくれたグラスを持ち上げると、「乾杯」と言われて缶とグラスがカチンと触れ合う。

グラスに唇をつけた碧は、口に含んだビールを飲みこんだ。思わず顔をしかめる。

「う……。やっぱり苦い」

先月に誕生日を迎え、嬉々としてチャレンジしたけれど、何回飲んでも苦いものは苦かった。ジュースのほうがよっぽどおいしい。

「二十歳《はたち》になったばっかりじゃ、まだ美味さはわかんないよな。俺もそうだったし」

「いつかおいしく感じられるようになるのかなぁ」

「どうだろうな？　俺としては、ときどきタマとこうやって飲めるようになればいいと思ってるけど」

大樹にとってはたぶん、なんでもない言葉なのだろうけれど。

(そんなこと言われたら修業するしかないじゃないですか……！)

嬉しいやらプレッシャーやらで、今日はやけに心臓がうるさい。

縁側につながる窓は閉まっていたが、ガラスなので外が見える。少し曇ったガラスの向こうにある庭はうっすらと雪が積もりはじめていて、幻想的できれいだった。

照れ隠しに大樹から分けてもらったおでんを頬張りながら庭をながめていると、大樹がぽつりとつぶやいた。

「変わっていくっていうのも、悪いことばっかりじゃないんだよな」

「え？」

「商店街みたいに悪いほうに向かっていくのは嫌だけど、時任さんみたいに、どん底からいい方向に変わることもある。似たような毎日を繰り返していても、実際は少しずつ変わっているんだよなと思ってさ」

「人生にもいろいろ区切りがありますしね」

大樹の言う通り、他人にとってはどうということのない日常でも、生きている限り誰にでも変化のときはおとずれる。

碧が第一志望の大学に合格したときのように、自分の力で望む方向に進むこともできるだろうし、母を喪《うしな》ったときのように、どんなに足掻《あが》いてもどうしようもない場合もある。それは実際に迎えてみないとわからない。

「タマでいうと、さしあたっては大学卒業か？　まだ一年以上先だけど」

「雪村さんはなんだろう……。時任さんみたいに『ゆきうさぎ』の二号店出店とか」

「二店舗もいらないよ。『ゆきうさぎ』はここにあればそれでいい」

欲のない言葉は、とても大樹らしくてしっくりきた。

――もし、このさき雪村さんとわたしの間に変化が起こるなら……。

それはいったい、どんな方向に進んでいくのだろう。楽しみのような、怖いような。なんだか複雑な気持ちになってくる。

(でも、もうしばらくはこのままでいいかもしれない)

こうやってゆったりと過ごす時間に、いまの自分はとても満足しているから。

降りしきる真っ白な雪を見つめながら、そんなことを思った。

第3話　春の宵には練り切りを

「はい、できましたー。これで完成ね」

年が明けた一月九日。

碧《あおい》は自宅から歩いて十分ほどの距離にある、樋野《ひの》神社の中にいた。正確には、神社の敷地内にある樋野家の一室だ。

「わぁ……。なんだか自分じゃないみたい」

「なに言ってんの。この可愛《かわい》い子はまぎれもなく碧ちゃんでしょ。それにしても、私の腕も落ちたもんじゃないわね」

着付けした碧を姿見の前に立たせ、満足そうにうなずいたのは、ふわふわした天然パーマの髪を短めにカットした細身の女性。美容師免許を持つ雅晴《まさはる》の奥さんだ。

碧よりひとまわり近く年上の彼女は、神社の仕事を手伝うために退職したが、今年の春先までは隣の市のヘアサロンで働いていたという。本人は前より太ったと嘆いているけれど、二児の母とは思えないほどスタイルがいい。

「朱音《あかね》さん、ありがとうございます。しかも格安で引き受けてもらって」

「ほんとはお代もいらないんだけどね。好きでやったことだし」

「でもうちの父が、プロの人にやってもらうんだからちゃんと払いなさいって」

「腕を買ってくださったのね。ありがたいわ」

朱音が嬉《うれ》しそうに笑ったとき、隣の部屋から赤ん坊の泣き声が聞こえてきた。生後半年になる、朱音と雅晴の息子だ。いまは雅晴の母親が面倒を見てくれている。

「ありゃ、起きちゃったか」

ふたり目ともなると余裕が生まれるのか、朱音は焦ることなく「ちょっと見てくるね」と言い置いて部屋を出ていった。代わりにひょっこりと姿を見せたのが――

「おお～！　タマさん、きれいだねー！」

星花《せいか》の素直な褒め言葉は嬉しくもあり、照れくさくもあった。碧は「ありがとう」とはにかむ。

「こんな立派な着物、七五三以来だよ。お、帯のあたりが苦しくて……」

「いいじゃん。せっかくの成人式なんだから。これ、お母さんの着物なんでしょ？」

近づいてきた星花が、腰をかがめて碧の振袖にそっと触れる。

落ち着いた赤地に白とピンクの梅の花が咲く振袖は、亡き母が成人式で身に着けたもの。母と碧は身長がほぼ同じなので、サイズもぴったりだった。

振袖は母方の祖母が三十年近く大事に保管していて、ぜひ着てほしいと言われて譲り受けたのだ。祖母はこの日のために呉服屋で染み抜きをしてもらい、昔のデザインだから小物は今風のものをと、帯締めと帯揚げ、半衿《はんえり》をあらたに購入してくれた。

『碧ちゃんが着てくれたら、知弥子《ちやこ》もきっとよろこんでくれるわ』

（あとでおばあちゃんに写真送らないと）

着付けとヘアメイクは行きつけの美容院に頼むつもりだったのだが、その話を「ゆきうさぎ」で耳にした雅晴が言った。

『うちの奥さんならタダでやってくれると思うよ。よかったら話してみようか？』

それならと頼んでみると、朱音は嬉々として引き受けてくれた。そこにどこからか話を聞きつけてきた星花が「タマさんの着物姿が見たい」と言って、樋野家まで一緒についてきたのだった。

『いらっしゃい。ええと、どっちが碧ちゃん？』

約束した時間にたずねると、気さくな朱音は初対面にもかかわらず、にこやかに出迎えてくれた。

大きな姿見のある部屋に通されると、彼女はてきぱきと碧の髪を結い上げ、ちりめん細工で梅を模した髪飾り（これも祖母からのプレゼントだ）をつけた。そして丁寧にメイクをほどこしてから慣れた手つきで着付けを行ったのだ。

「星花ちゃんは二年後だね。明るい色が似合いそう」

「えー？　あたしは着ないよ。背ぇ高いし、ちょうどいいサイズがなさそうだもん」

「探せば見つかると思うけどなあ。星花ちゃんの着物姿も見てみたい」

「んー……。ま、考えとく。――それより写真だよ。このために来たんだからね」

スマホをとり出した星花は、カメラ機能でバシャバシャと碧の写真を撮りまくる。

「みんなに写メ送らないと。大兄《だい》と蓮《れん》兄とミケさんと……」

「えっ、雪村《ゆきむら》さんにも？」

「あったりまえじゃん。タマさんの晴れ姿だよ？　見せなくてどうすんの」

星花が肩をすくめたとき、ドアが開いて息子を抱いた朱音が戻ってきた。ちなみに雅晴は、愛娘《まなむすめ》の朋夏《ともか》と仲良く水族館に出かけている。

「あらら、いつの間にか撮影会？」

「ふっふっふ。いちばんキレイに撮れた写真を送るんですよ」

やる気満々の星花につられ、しばらくモデルをつとめてから、碧は彼女と一緒に樋野家を出た。駅で小中学校時代の同級生と待ち合わせているが、時間はまだある。

「ふーん。じゃあさ、ちょっと大兄のとこ寄ってかない？　写真より実際に見せたほうがいいでしょ」

「ええっ！　でもほら、休日だしまだ寝てるかもしれないよ？　起こすの悪いし」

「さっきメッセージ入れたら起きてるって言ってましたー」

「う……」

「なに、タマさん。大兄と会いたくないの?」

碧は「そういうわけじゃないんだけど」と口ごもる。見てもらいたい気持ちはあるのだが、普段とかけ離れた格好を見せるのは、なんというか……恥ずかしいのだ。

(髪型も化粧もバッチリすぎるし、やっぱりあとで写真だけ見せたほうがいいんじゃ)

「もうそっちに行くって言っちゃったから、取り消せませーん」

「えぇー!」

星花はためらう碧の手を引いて、ずんずんと雪村家に向かった。「ゆきうさぎ」の裏に回って門を開けると、庭の陽《ひ》だまりでくつろいでいた武蔵《むさし》と虎次郎《こじろう》が顔を上げる。すかさず虎次郎が突進してきたが、碧の振袖に飛びつく前に、星花が立ちふさがった。

「今日はダメ! 着物が汚れちゃうでしょ」

「……!」

その迫力に恐れをなしたのか、虎次郎はぴたりと足を止めた。心なしかしょんぼりしながら背を向けて、とぼとぼと武蔵のもとに戻っていく。

「ごめんね虎次郎。また今度遊んであげるから」

ドアの横に取りつけてある呼び鈴を鳴らすと、少しの間を置いて鍵が開けられた。

何か料理でもしているのか、開いたドアの奥から味噌《みそ》炒《いた》めのような匂いがただよってくる。あらわれた大樹《だいき》は星花の隣に立っていた碧を見て、軽く目を見開いた。

「タマ？」

「お、おはようございます。こんなカッコですみません」

緊張のあまり、変なことを口走ってしまった。大樹は「あやまる必要がどこにあるんだよ？」と苦笑する。

「今日は成人式だったな。おめでとう」

「ありがとうございます」

「この着物、タマさんのお母さんのお下がりなんだって。きれいだよね」

碧の両肩に手を置いた星花は、まるで自分の自慢をするかのように言う。大樹は碧のいでたちをじっと見つめ、口角を上げてうなずいた。

「そうだな。似合ってる」

（うわぁ……）

短いけれど嬉しい言葉。やっぱり見せに来てよかったと、心の中で星花に感謝する。

「ね、せっかくだから大兄とも一緒に写真撮ろうよ。いまカメラを……」

星花がスマホをいじりはじめたときだった。

大樹の背後から、誰かの足音がバタバタと近づいてきた。ほどなくして、玄関にエプロン姿の小柄な少年が姿を見せる。

「大兄！」

少年は星花と同じくらいの年頃で、エプロンの下は白いパーカーに黒ジャージのズボン。硬そうな髪は短めに切りそろえてあり、人なつこそうな顔立ちだ。髪型のせいか何かのスポーツでもしているように見えて、さわやかな印象だった。

「ナスと豚《ぶた》バラ炒め終わった。次は何すれば――」

嬉しそうに報告してきた彼は、碧たちの姿に気づくなり息をのんだ。思いもよらないものを見たとばかりに、あからさまにうろたえはじめる。

なんだろうと首をかしげる碧の横で、星花の視線が不自然に泳ぐ。

「星花ちゃん？」

「……」

唐突におとずれた気まずい沈黙に、碧はわけがわからず戸惑うしかなかった。

「あいつの名前は黒尾慎二《くろおしんじ》。『くろおや』の息子だよ」

成人式の翌日。十七時少し前に「ゆきうさぎ」に出勤し、夜の営業に向けての仕込みを終えたあと、大樹が昨日の少年の正体を教えてくれた。

開店までは少し時間があったので、お茶を淹《い》れて座敷で小休憩をとる。

「駅ビルに入ってる和菓子屋さんですよね？　わたしときどき買いに行くんですよ」

「うちの先代も、あそこの練り切りが好きだったな。うさぎのやつ売ってるだろ」

「ああ、あれいいですよねえ。ちっちゃくてコロンとしてて。猫の形もあるじゃないですか。あの動物シリーズ、可愛くてずっと飾っておきたくなっちゃいます」

「和菓子なんだからちゃんと食べろって」

「もちろん、じっくり愛《め》でてからおいしくいただきますよ」

桜屋《さくらや》洋菓子店のケーキやプリンは何回食べても飽きないけれど、たまには和菓子にも手が伸びる。「くろおや」には、母が生きていたころから月に一、二度通っていた。

「いちご大福も好きだなぁ。もっちりしたやわらかーい求肥《ぎゅうひ》に包まれたあんこと、甘酸っぱい苺《いちご》の組み合わせが最高で」

「俺は栗まんじゅうかな。『くろおや』のは栗が丸ごと入ってるだろ。白あんも甘さ控えめで上品な味だから気に入ってる」

「……なんかすっごく食べたくなってきちゃった。明日買いに行こうかな」

思い返せば大樹とはじめて会ったとき、介抱してもらった翌日にお礼として碧が持っていったどら焼きの詰め合わせも、あの店で買ったものだった。

「黒尾のおじさんは、何年か前までは『ゆきうさぎ』の常連だったんだよ」

大樹の言葉は過去形だ。言われてみれば碧が働きはじめてから、店で「くろおや」の主人の姿を見たことはない。

「なんで来なくなっちゃったんですかね……？」

主人は和菓子を買いに行ったときに何度か見たことがあるけれど、元気そうだったので健康上の理由ではないだろう。「ゆきうさぎ」の味に飽きてしまったとか、何かが気に入らなくなったとか？　――そうだとしたら悲しい。

お茶請けの芋けんぴをつまみながら、大樹はわずかに目を眇《すが》める。

「『くろおや』って、駅ビルに移転するまでは商店街の中にあったんだけど」

「そうだったんですか？」

「もう六、七年くらい前になるのか。まあ、タマは知らないかもな」

「そのころお店に通ってたのは母だったので……」

当時の碧は中学生だ。この町に住んではいたけれど、商店街の事情には疎《うと》かった。母のおつかいで買い物に出たときも、近くのスーパーに行っていたから。

「ほら、この先に大きなマンションがあるだろ。あのあたりに店があったんだけど、駅前開発がはじまったとき、土地を高く売って別の家に引っ越したんだよ。当時はそうやって商店街から出ていった店がいくつかあってさ」

「みんな駅ビルに移転したんですか?」

「半分くらいかな。もう半分はそのまま店を畳んでる。『くろおや』は老舗《しにせ》だし、固定客つかんでるから、場所が変わっても問題なかったみたいだ」

大樹が言うには、むしろ商店街で営業していたときよりも、新規のお客が増えたぶん羽振りがよくなっているらしい。「くろおや」にとっては英断だったというわけだ。

「でもまあ……。残された人たちにとっては、商店街を見捨てて出ていった裏切り者……になってるんだけどさ」

「えっ」

「昔ながらの町だから、そういう感情を持つ人もいるんだよ。新しい商業施設の建設自体に反対してた人もけっこういたし」

当時のことを思い出したのか、大樹の表情に憂《うれ》いが浮かぶ。

たしかに商店街にとっては、売り上げに大きな影響を及ぼす重大事件だろう。反対運動も起こったそうだが実を結ぶことはなく、工事は無事に完了した。

そして売却された土地にはマンションが建ち、駅には立派なビルがそびえ立った。商業施設がオープンし、人口が増えたのはいいものの、人々が集まるのは新しくできた店ばかり。商店街の客足は減り、懸念通りの未来が来てしまったのだった。

「やっぱり駅に直結っていうのは強いよな。楽だし天気が悪くても関係ない」

「便利ですもんね……。商店街には商店街のよさがあるのに」

「で、そういうわけだから『くろおや』と商店街の人たちの間に、なんていうか溝みたいなものができてさ。うちの常連は近所の人が多いし、気まずくなって足が遠のいたんじゃないかと思う」

「そっか……。環境が変わるとこれまで通りにはいかないんですね」

「黒尾のおじさん、桜屋のおじさんとは同い年で仲が良かったんだけどな……」

大樹がため息をついた。

ふたりはよく連れ立って「ゆきうさぎ」に飲みに来ていたそうだが、「くろおや」の移転を境に険悪になり、交流が途絶えてしまったらしい。

「あ、だから星花ちゃん、あのとき困った顔してたんだ」

「父親同士の仲が悪くなったこと、星花とシン……慎二はよく知ってるから。あいつら幼なじみなんだけど、やっぱり気まずいのかもな」

あれから星花は人が変わったように無口になり、早々に雪村家を立ち去った。慎二のほうも彼女には声ひとつかけてこなかったし、お互い複雑な思いなのだろう。

(星花ちゃんも『くろおや』のこと敵視してるのかなあ……)

芋けんぴをのみこんだ碧は、「ところで」と問いかける。

「その、慎二くん?　なんで雪村さんの家にいたんですか?」

「あいつ、去年のうちに推薦で大学に合格してさ。高校卒業したら実家を出てひとり暮らしはじめるみたいで。自炊したいから料理教えてくれって頼まれたんだ」

「雪村さんとは仲がいいんですね」

「昔、星花と一緒に遊んでやったことがある。俺は別に黒尾のおじさんを裏切り者だなんて思ってないし、店にもよく行くから」

「なるほど」

「あと、食の好みも合う」

きょとんとする碧に、大樹は「あいつもナスが好きなんだ」と言って笑った。

「いまから習いはじめるなんていい心がけだろ?　だからいろいろ教えてる」

言われてみれば、たしかにしっかりしている。大樹から直接教えてもらうのなら、きっとみるみる上達していくだろう。

「高校卒業といえば、星花ちゃんもそうですね」

彼女は都内にある二年制の製菓学校に進学を決め、四月から通いはじめる予定だ。空いた時間は実家の洋菓子店の手伝いをしたり、修業のためにほかの店でバイトをしたりしてみたいと語っていた。

『フランスとか洋菓子の本場の国にも行ってみたいけど、まずは言葉覚えないとね……』

『だったら蓮さんに教えてもらったら?』

『蓮兄だけはイヤ』

――信用がない……。

大樹が湯呑《ゆの》みを持ち上げた。ほうじ茶をすすると、しみじみとした口調で言う。

「それにしても早いよなぁ……。星花のやつ、ちょっと前まではこんなに小さくて。俺と瑞樹《みずき》と蓮のあとをちょこまかついてきてたのに」

なつかしさに、わずかなさびしさを含んだ表情。彼は星花が生まれたばかりのころから知っているそうなので、感慨深いのだろう。なんだか微笑《ほほえ》ましい。

「雪村さん、お父さん目線になってますよ?」

「せめてお兄さんって言えよ」

軽く口をとがらせた大樹は、掛け時計に目をやった。「三分前だ」と立ち上がる。

「よし、今夜も頑張るか」

「おでんの仕込みもバッチリですしね」

碧と大樹は座敷を下りると、いつものようにお客を迎えるための準備にとりかかった。


あっという間に一月が過ぎ、しんしんと冷えこんだ二月も風のように去っていく。

三月に入っても、初旬の空気はまだ冷たい。しかし凍えるような寒さは鳴りをひそめ、春が近づいていることを肌で感じられるようになっていた。

木曜日の午後、春休みに入っていた碧は、菜穂《なほ》と一緒に南青山《みなみあおやま》のパティスリー、ブランピュールをおとずれていた。この店で働いている蓮から、「春のフェアはじまったんだけど、暇なら来る?」と誘われたのだ。

「蓮さんは、大樹さんとグルになって私を太らせる気なんでしょうか?」

「大丈夫ですよ。ミケさん、別に太ってるように見えないし」

「実は増えてるんですよ少しずつ。でもケーキの誘惑には逆らえない……」

そんなことを話しながら、碧はドアを開けた。まず飛びこんできたのは、なだらかな曲線を描いたお洒落《しやれ》なショーケース。菜穂が感嘆のため息をついた。

「あいかわらずキラキラしてますねえ」

「なんだか宝石箱みたいですよね」

透明なガラスの向こうは三段になっていて、下段にはあふれんばかりのカスタードクリームが挟まれたシュー・ア・ラ・クレームに、ベルギー産のチョコレート（と書いてある）でコーティングされたエクレアが並べられていた。可愛らしいマカロンやババロア、季節の果物を使ったゼリーが入ったカップもきれいに陳列されている。

中段にはカットされ、フィルムが巻かれたケーキがずらりと並ぶ。上段には色とりどりの芸術的なホールケーキがいくつも飾られていて、お客の目を引いていた。

甘酸っぱいフランボワーズソースと苺の赤、ピスタチオムースの緑、さわやかなオレンジのシロップ漬けがふんだんに使われたタルトの橙《だいだい》色に、生クリームの純白。スポンジ生地とコーヒー風味のバタークリーム、そしてガナッシュが織りなす層が美しいオペラの深みのある色も加わって、見ているだけで気持ちが華やいでくる。

隣の小さなショーケースには絶妙な焼き色のフィナンシェやマドレーヌ、パステルカラーのギモーヴなどがおさめられていた。贈答に使われるらしく、ロゴ入りの化粧箱が用意されている。どれも値段は高いが、それだけの価値はあると思う。

菜穂と並んでうっとりショーケースをながめていると、奥から蓮がやってきた。

「いらっしゃいませ……って、ふたりだけ？　星花は？」

「はずせない用事が入ったみたいで、今日はパスです」

「この前はそんなこと言ってなかったけど……」

まあいいやとつぶやいた蓮は、碧と菜穂をカフェスペースのテーブル席に案内してくれた。落ち着いたクラシック音楽が流れる中、いかにもマダムといった女性たちが優雅にお茶を楽しんでいる。

席についた碧はあまおう苺のパフェ、菜穂はストロベリークリームパイを頼んだ。運ばれてきたパフェは、大粒の苺と生クリーム、色あざやかなベリーソースに自家製ヨーグルトの層が、逆三角形のグラスの中できれいに積み重なっていた。柄の長いスプーンで、てっぺんの苺と赤いソースがかかった生クリームをすくって口に入れる。

苺を噛《か》みしめると、フレッシュな果汁があふれ出した。生クリームとの相性も抜群だ。

「わ、濃厚。苺もすっごく甘い！」

「パイもサクサクしてておいしいですよ。でもカロリーが……」

「ミケさん、余計なことは考えない」

注文品を運んできた蓮が、伝票ボードの角で菜穂の頭をコン、と軽く叩いた。

「おいしいものは素直に、そう思いながら食べな。じゃないと楽しくなくなる」

「蓮さんに一票！　ミケさん、甘いものは別腹ですよ」

「それって、普通はご飯を食べた直後に言うことじゃないですか？」

小さく笑った菜穂は、「でもタマさんたちの言う通りですね」と言ってフォークを持ち直した。今度は遠慮なくパイの味を堪能《たんのう》する。

「――だからって、あとからご飯にしなくてもいいと思うんですよ」

二時間後。碧と菜穂、そして蓮の姿は、最寄りのひとつ隣の駅にあるファストフード店の中にあった。ウーロン茶をすする菜穂の横では、碧がベーコンレタスバーガーにかぶりつき、その正面では蓮がぼんやりとオニオンリングのフライをつまんでいる。

「ちょっと小腹がすいちゃって。五時からバイトだし、腹ごしらえしておかないと」

「さっきたらふくパフェ食べたじゃないですか。しかもビッグサイズのほう」

「俺は仕事終わりのご褒美《ほうび》。四時間睡眠で早朝出勤だったから、ものすごく眠い……」

「蓮さん、一緒に来たってことは『ゆきうさぎ』にも行くつもりですよね？」

「お腹《なか》がふくれないと、家に帰ってもよく寝れないんだよ。これは前菜」

「私はもうお腹いっぱいなんですってば。見てるだけで胃もたれしそう」

肩をすくめた菜穂がストローの先をかじる。

ハンバーガーを食べ終えてひと息ついた碧は、にぎわう店内を見回した。

（学生ばっかりだなあ）

平日の十六時台は、ちょうど学校が終わった時間だからなのか、制服姿の中高生が多かった。友だち同士やカップルなど、ひと目で関係が予想できる。そんな中で、私服姿の二十代男女、謎の三人組という自分たちは浮いているかもしれない。

「――あ、いけない。もうこんな時間」

店内の掛け時計は十六時二十五分になろうとしていた。ひと駅ぶん電車に乗らないといけないので、そろそろ出たほうがいいだろう。

立ち上がったとき、蓮が「ちょっと待ってて」とお手洗いに立った。しかし十分近くが経っても戻ってこない。

「どうしたんですかね？」

具合でも悪くなったのかと思い、碧と菜穂は店の隅《すみ》にあるトイレに向かう。その途中で蓮の姿を発見したが、彼は観葉植物の陰に隠れて何かを見つめていた。

「蓮さん？」

「しっ」

ふり返って静かにとジェスチャーをした蓮は、ふたたび前を向いてしまう。顔を見合わせた碧と菜穂は好奇心にかられ、彼と同じように観葉植物の陰にかがんでのぞきこむ。

（あれ？）

蓮の視線の先には、星花がいた。ふたりがけのテーブル席に腰を下ろし、楽しそうに笑っている。その向かいに座っていたのは……。

――慎二くん？

それはまぎれもなく、一月に大樹の家で会った「くろおや」の息子、慎二だった。星花と同じく笑顔で、お互いのポテトとオニオンリングを仲睦《むつ》まじく交換している。

（あの雰囲気は……。まさか……。もしかしなくても……）

「星花さんと一緒にいるの、誰でしょうね。蓮さん知ってます？」

「ミケさん、ちょっと黙って」

ふたりは不仲だったのではないだろうか？

困惑した碧がぐるぐる考えていると、背後から「あの、お客さま」と声をかけられた。

三人とも目の前の光景に集中していたので、びくりと震えてふり返る。

「何かございましたか……？」

男性の店員が怪訝《けげん》そうにこちらを見ていた。胸元のネームプレートを見れば、「店長」の二文字。傍《はた》から見れば、自分たちは不審者以外のなにものでもない。

「な、なんでもありません！」

碧たちはあわてて立ち上がった。その声に反応して、星花がこちらを向く。

「え……っ」

バッチリ目が合ってしまうと、彼女の表情におどろきが広がっていった。


「バレたのか、あのふたり」

十七時ぎりぎりに「ゆきうさぎ」に駆けこみ、仕込みの手伝いをはじめた碧が耳にしたのは、大樹の苦笑まじりの声だった。

「雪村さんは知ってたんですね。星花ちゃんから聞きました」

「一月の時点では知らなかったよ。ちょっと前にシンが話してくれてさ」

「知ってたくせに、なんで俺にも黙ってたわけ？」

カウンター席で大樹が淹れたお茶を飲みながら、蓮が拗《す》ねたように口をとがらせる。菜穂は書店のバイトがあるので途中で別れたが、彼はついてきたのだ。

「誰にも言わないでくれって頼まれたから」

大樹は涼しい顔で、大根をするすると桂《かつら》剝《む》きにしている。剝いた大根は塩水と甘酢につけてから、スモークサーモンとキュウリを巻いていくはずだ。

そして適当な大きさに切り分ければ、本日のお通しである砧巻《きぬたま》きができあがる。大根に限らず、薄焼き卵や湯葉を使い、蟹《かに》や海老《えび》の身を巻いてもおいしいだろう。おせち料理の重箱を飾ることも多い一品だ。

一方の碧は、炊《た》き込みご飯の準備にとりかかった。忙しいときは炊飯器を使うが、今日は余裕があるので土鍋で炊く。

(タケノコは雪村さんが茹《ゆ》でておいてくれたから……)

碧はストックしてあった水煮の瓶《びん》から、タケノコをとり出した。根元と穂先は乱切りにして、鶏《とり》モモ肉を切り分ける。油揚げは油抜きをしてから細かく切っていった。タケノコは大きめで、ザクザクとした歯ごたえを残すように炊くのが「ゆきうさぎ」流だ。

米はあらかじめ大樹が研《と》いで水につけていたので、ざるに上げて水気を切ってから土鍋に入れる。出し汁と調味料、タケノコと油揚げ、そして鶏肉を散らしてから火にかけた。

(まずは十分くらいかな)

火加減を調節していると、大樹と蓮の会話が聞こえてくる。

「あいつら同じ中学だっただろ。当時は何もなかったけど、卒業したあとに偶然再会して意気投合したみたいだな。それでまあ、そういうことになったらしいぞ。もう一年近くになるのか」

「一年か。意外に続いてるんだ。へー……」

蓮は平静を装っているが、なんとなくショックを受けているように見えなくもない。普段は邪険にされていても、やはり歳《とし》の離れた妹は可愛いのだろう。

「わたしもぜんぜん気づきませんでした。星花ちゃん、何も言わなかったし」

一年前というと、星花と出会ってから季節がひとめぐりしたころだ。ときどき一緒に遊びに行くような仲にはなっていたが、思い返せば恋愛に関する話はしたことがない。星花のほうから話題をふってくることもなかった。

一月に大樹の家で慎二と鉢合わせたときも、碧と大樹に関係を知られないように、お互い気まずそうにしていたのだろう。

(触れられたくなかったんだろうなあ)

誰にでも秘密のひとつやふたつはある。少しさびしいけれど、しかたのないことだ。

薄く切った大根を塩水につけ、しんなりさせてから独自に配合した甘酢につけこんだ大樹は、使い終わった調理器具を流しで洗いながら話を続ける。

「父親同士の仲があれだから、大っぴらにはつき合えないんだろ。下手に広まっておじさんたちの耳に入ったら、どうなるかわからないしさ」

「それで人目を忍《しの》んで密会ですか……。現代版ロミオとジュリエットみたい」

「タマちゃん、それ最後は悲劇だから」

頬《ほお》をひきつらせた蓮が、ふうと息を吐く。

大樹は蛇口をひねって水を止めた。洗い終えた金属ボウルの水滴を布巾で拭《ぬぐ》う。

「それにしてもタイミングがいいんだか悪いんだか……。蓮たちが行った店、隣の駅なんだろ？　しかも駅から歩くし、よくそんなところまで足伸ばしたな」

「ミケさんが半額券持ってたんだよ。店舗限定で有効期限が今日までの」

「星花たちは？」

「実は同じものを星花にもあげたみたいで……」

とはいえ、まさか星花も兄たちとバッタリ会ってしまうとは思ってもみなかったに違いない。「まいったなぁ」と困った顔をしていた。

『この顔はたしか、あの和菓子屋の……。うちの星花といったい何を……？』

『えーと……。いやその、蓮さん顔近いッス』

『ちょっと蓮兄、何してんの』

じりじりと慎二に迫る兄の体を、星花は例によって邪険に押しやった。蓮が物言いたげな視線を向けると、観念したように肩をすくめる。

『……お父さんには絶対に言わないでよ。いい？』

星花はそう前置きすると、慎二とつき合っていることを教えてくれたのだった。

土鍋の様子を確認した碧は、顔を上げて口を開く。

「慎二くんがアパートに引っ越したから、ふたりで必要なものを買い出しに行った帰りだったみたいですよ。だから今日、蓮さんのお店に行けなかったんですね」

「まさかそんな理由だったなんて……」

「仲が良くていいじゃないか」

にっこり笑った大樹が、心なしか肩を落とす蓮の前に漆塗《うるし》りの菓子皿を置いた。上に載っているのは赤い目とピンクの耳が可愛らしい、白いうさぎの練り切りだ。

「なにこれ」

「動物シリーズ〈手鞠《てまり》うさぎ〉。さっき『くろおや』で買ってきた」

「『くろおや』って、いまそれを出す?」

「星花だっていつまでも子どもじゃないんだからさ。あたたかく見守ってやれよ」

その口調は自分に言い聞かせているようにも感じられた。やはり「兄」としては、蓮と同じようにいろいろと複雑な思いがあるのだろうか。

練り切りうさぎを口の中に放りこんだ蓮は、悔しそうにしながらもつぶやいた。

「……おいしい。うちのプリンと同じくらいかも」

大樹は「そうだろ」と言って、空になった蓮の湯呑みにお茶をつぎ足す。

「桜屋のおじさんたちも、いいかげん仲直りすればいいのにな。もう何年も会ってないんだろ？　話してみれば何かが変わるかもしれないのに」

「大樹も知っての通り、意地っ張りだから。あの人」

「蓮と同じだな」

「否定できないのが悔しい……」

お茶を口に含んだ蓮は、がらんとした店内に目を向けた。

「仲は良かったんだよな……。この店でよく一緒に飲んでたはずだから」

「ああ。仕事が終わったあとにふたりで来てた。性格は違うけど、同い年だし酒と食べ物の好みも合ってたな。味覚が近いのは大きいぞ」

「だからこそ、黒尾のおじさんが商店街から出て行ったのがショックだったのかもね」

「けどそれで上手《うま》くいったし、桜屋のおじさんも頭ではわかってるんじゃないか？　おじさんは他人の成功を妬《ねた》むような人じゃないだろ」

「たぶんね」

蓮は軽く眉を寄せながら続けた。

「でもまあ、仲直り？　自主的には無理だと思うよ。お互い意図的に避けてるから」

息子である彼が言うのだから、そうなのだろう。父親たちが歩み寄りさえすれば、星花と慎二も気が楽になるだろうにと、碧は小さなため息をついた。

――まさか、あそこで蓮兄たちに見つかるなんて思わなかったなー……。

ファストフード店で兄と碧、そして菜穂に遭遇してから二日。星花は朝から桜屋洋菓子店のカウンターに立っていた。いつも店番をしている母が風邪をひいてしまったので、しばらくは星花が売り子として立つことになったのだ。

「バナナ豆乳プリン三つください」

「かしこまりました。持ち歩きは何分くらいですか？」

星花はショーケースからとり出したプリンのカップを箱に入れ、ドライアイスをつけて女性客に渡した。母親と一緒に来た小さな女の子が、嬉しそうに箱を持つ。

「プリン、ママのおてつだいしたから『ごほうび』なの」

「そっかー。うちのプリンはおいしいよ。気に入ったらまた来てね」

腰をかがめて女の子と目を合わせた星花は、会計を終えて仲良く帰っていく親子を笑顔で見送った。

「ありがとうございましたー」

店にはぽつぽつとお客が来るが、混み合ったりはしない。それでも自慢のプリンで固定客を増やし、年に一度の稼ぎ時であるクリスマスの予約ケーキに気合いを入れることで、売り上げは一昨年よりも昨年、そして今年のほうが安定するようになっていた。

正直、華やかさに関しては、兄が働いている店のようにお洒落なパティスリーにはかなわない。だから方針を変え、ローファットや低アレルゲンの食材を使った、健康志向のケーキを増やすことにしたのだ。

『最近は食物アレルギーの子どもが多いだろ。病気で食事制限をしてる人だっている。そういうお客さんたちにも、安全においしく食べてもらえるようなものをつくるんだ』

父はそう言って、新しいレシピの研究に取り組みはじめた。

米粉に豆乳、オーガニック野菜や果物にこだわって、試行錯誤《さくご》を重ねてようやく店頭に出す。知り合いの栄養士とも相談して、カロリーにも気を配った。

その中でも特に、兄の提案でラインナップに加えられた豆乳プリンは、販売をはじめてから売り上げを順調に伸ばしている。卵と牛乳はいっさい使わず、豆乳やゼラチン、寒天で仕上げていた。

もちろん通常のカスタードプリンのほうが、濃厚でコクもじゅうぶんに出せる。

物足りなさを減らして少しでも満足してもらうために、父は蜂蜜《はちみつ》やメープルシロップで甘さを強め、カボチャやバナナ、チョコレートを混ぜてバリエーションを増やした。シンプルな豆乳プリンはカロリーも低いので、女性の人気も高い。

――あたしは前の店よりも、いまのほうが好きだな。

なけなしのお洒落感は完全になくなってしまったけれど、素朴であたたかく、お客のために心を砕く。そんな父と桜屋洋菓子店は、以前よりもはるかに生き生きしていた。

父のことは尊敬している。このさきも一緒に店を守っていきたい。いずれは兄も戻ってくるだろうし、家族で盛り上げていけるはずだ。

父に対する不満はひとつだけ。それはもちろん、「くろおや」の主人との関係だ。

(慎二は荷物の片づけしてるかな)

お客が途切れてひとりになったとき、二日前に行ったアパートの部屋を思い浮かべる。通う予定の大学から、電車と徒歩で三十分ほどの距離にあるワンルームだった。引っ越しの段ボール箱が積まれた室内で夕食をとったのだが、慎二は「おれがつくるから」と言って途中のスーパーで買ってきた材料を広げた。

『ナス……。好きだねぇ』

『星花だって嫌いじゃないだろ。あと豚バラと八丁《はっちょう》味噌。あ、米がない……』

『すぐそこにコンビニあったじゃん。レンジでチンするやつ買ってくる。何つくるの？』

『それは見てのお楽しみだな！』

買ってきたばかりのフライパンの柄を握りしめた慎二は、狭い調理スペースの前に立つと、はりきって料理をはじめた。材料を見ればだいたいの予想がついたが、慎二が楽しそうにしていたので、何も言わずに外に出る。

(興味のあることに関しては、ほんとに全力で取り組むんだよね)

思えば小学校のころからそうだった。

高校に入って再会したときも、根っこはまったく変わっていなかった。そのまっすぐな気質と明るい人柄がいいなと思ったからつき合いはじめたのだ。

慎二は「くろおや」の息子だが、上に兄がひとりいるので後継者ではない。和菓子職人になるつもりはないようだけれど、かといって将来何をしたいのかも特に決まっていなかった。サッカーが好きで子どものころからやっているが、残念ながらプロになれるほどの才能はない。

だからとりあえず大学に行き、四年の間にじっくりと進路を見定めようとしている。星花の同級生にも、そういった子はわりと多かった。

(慎二がつくったご飯って、どんな味だろ？)

少し前から大樹に習っているそうだが、その腕前やいかに。

期待半分、不安半分で買い物をして部屋に戻ると、おかずはすでに完成していた。味噌の香りがただよう中、広げた折りたたみテーブルの上にお皿が置いてある。

『どうだ。美味《うま》そうだろ』

湯気をたてていたのは、ナスと豚バラ肉の味噌炒め。好物であるナスを必ず入れているというのがなんとも慎二と大樹らしかった。お椀《わん》には、これまた慎二がつくったというキャベツの味噌汁が注がれている。

ご飯をレンジで温め、向かい合わせに座った星花と慎二は、さっそくできたての味噌炒めを頬張った。八丁味噌を使っているからか味が濃く、白米によく合う。

『おお、ナスがジューシー。お肉もやわらかーい。意外にやるじゃん』

『見直したか。ひとり暮らしするなら、やっぱ自炊くらいできないとな。大兄からいろいろレシピ教えてもらったし、春休みの間にトライすっか』

『なんかいきなり置いてかれた感じだなー。あたし料理ほとんどしないから』

『だったら星花はデザート専門な。おれが飯つくるから、星花はケーキを焼く。それなら公平じゃね？』

（いや、それもどうかと思うけど）

お互いの親に気兼ねなく家に行けるようになったのは嬉しい。でも遊びに行くたびに、慎二に食事をつくってもらうのも悪いと思う。なにごともフェアでなければ。

――あたしも大兄に料理を習おうかな。

味噌炒めを食べながら、そんなことを考えた。こっそり腕を上げて、慎二においしいとよろこんでもらえるような料理をふるまってみたい。

「おい星花」

「ん？」

物思いにふけっていた星花は、声をかけられふり向いた。奥の厨房《ちゅうぼう》から父が顔を出す。

「プリンどうだ。いい感じか？」

「まあね。この調子だと夕方より前に売り切れるんじゃない？」

「よしよし。ほかのケーキもそれくらい売れてくれたら言うことないんだけどな」

父がショーケースをのぞきこんだとき、出入り口のドアが開いた。買い物帰りらしきぽっちゃりとした女性――近所に住むおばさんが入ってくる。

「こんにちはー。あら、今日は星花ちゃんがお店番？　桜屋の奥さんは？」

「どうも。昨日から風邪ひいちまってるんですよ。熱は高くないんで薬飲んで寝てれば治るんじゃないですかね」

「季節の変わり目は気をつけないとねえ」

うなずいた彼女は、ミルフィーユをふたつ注文してきた。これからお客が来るらしい。

「あ、ドライアイスが切れちまってるな……。ちょっとお待ちください」

踵《きびす》を返した父が厨房に戻っていく。その間に会計をしていると、おばさんは「そうだ」と言ってきらりと両目を光らせた。好奇心に満ちた表情でにじり寄ってくる。

「星花ちゃん、二、三日くらい前に男の子と一緒にいたでしょ」

「えっ⁉」

「隣の駅にあるハンバーガーのお店。四時くらいだったかしらね。半額になる券があったから、うちの子にせがまれて買いに行ったのよ。ああいうの、私はあんまり好きじゃないんだけどねえ。しかもお夕飯前でしょ？　けど券がもったいなくて」

星花が口を挟む隙なく、話好きのおばさんはぺらぺらと喋《しゃべ》る。

「あの子、星花ちゃんの彼氏？　顔は見たことあるのにド忘れしちゃって。えーと……」

（ま、待って！　それ以上は言わないで！）

あわてた星花が遮《さえぎ》ろうとしたとき、おばさんは「思い出した」と声をはずませる。

「そうそう、黒尾さんところの慎二くん！　いつの間にあんなに仲良くなったのよ？」

（わ――っ！）

よく通る声が、狭い店内にそれははっきりと響き渡った。

「黒尾……？」

背後にゆらりとした気配を感じた。はっとしてふり返ると、そこにはドライアイスを入れた袋を手にした父の姿。そのまなざしが、みるみる鋭くなっていく。

「星花……。いまの話、詳しく聞かせてもらおうか」

――まずい。

逃げ場もなく追いつめられた星花は、ごくりと唾《つば》をのみこんだ。


土曜日の二十時過ぎ。今夜も「ゆきうさぎ」はほどよくにぎわっている。

「いらっしゃいませ。あ、星花ちゃん」

格子《こうし》戸を開けて入ってきた彼女は、碧が笑いかけてもむすっとした顔だ。今日は閉店まで桜屋の店番をしていたと聞いているが、何か不愉快なことでもあったのだろうか。

「お仕事お疲れさま。これからご飯？」

「うん……って、え？　なんで慎二がいるの？」

彼女の視線の先には、大樹から借りたエプロンをつけ、お客の注文をとっている慎二の姿。気さくで人なつこい性格なので、さっそく常連から可愛がられている。

「ミケさんが来られなくなっちゃって、代理に入ってくれたんだ。愛想《あいそ》がいいから接客も上手でね。すごく助かってるよ」

「ふーん……」

「あそこ空いてるから、どうぞ座って」

うなずいた星花はカウンターに向かった。空いている席の椅子《いす》を引いて腰を下ろす。

「大兄、生ビール！」

「未成年だろうが」

「飲まなきゃやってらんないよ！　うちの頑固オヤジが！」

「何があったか知らないけど、とりあえずノンアルコールで我慢しろ」

落ち着き払って答えた大樹は、背後の食器棚からきれいに磨かれたコリンズグラスをとり出した。氷と搾《しぼ》ったライムの果汁を入れてジンジャーエールを注ぎ、シュガーシロップを加えて混ぜ合わせる。

生のライムを飾って星花の前にグラスを差し出すと、彼女は一気に中味をあおった。

碧と大樹は思わず顔を見合わせる。星花はもともと感情の起伏が激しいほうではあるけれど、ここまであからさまに不機嫌になるのもめずらしい。

「荒れてるな。おじさんとケンカしたのか？」

「実はさぁ……」

彼女が口を開きかけたとき、「あれー？」とのん気な声があがった。厨房に戻ってきた慎二が、星花の姿に気づいたのだ。笑顔で近づいていく。

「仕事終わったのか。いまから夕飯？」

「……」

「なーにぶすっとしてんだよ。あ、おれ今日だけ臨時でバイトしてるんだ」

「……」

「嫌なことでもあったのか？　飯食って機嫌直せ。今日のおすすめの煮込み豆腐ハンバーグ、めちゃくちゃ美味そうだぞ。デミグラたっぷり、チーズのっけてとろっとろに……」

「それどころじゃないよ。お父さんにバレちゃった」

慎二は「え」と目を丸くした。碧も小さく息をのむ。

お通しの揚げ出し豆腐を一口で平らげた星花は、昼間に起こったできごとを語った。

「――というわけ。まさかあそこでバラされるとは思わなかったよ」

どうやら碧たちのほかにも、あの店には星花の知り合いがいたらしい。その人がうっかり口をすべらせてしまい、父親に問い詰められたのだという。

「で、お父さんとやり合っちゃって。次のお客さんが来るまでの間だったけど」

「おじさん……なんて言ってた？」

「『黒尾にはかかわるな』の一点張り。こっちの話もろくに聞いてくれなくてさ。さすがにムカついて、あたしもけっこう怒鳴っちゃったよ」

ようやく冷静になってきたのか、星花はしゅんと肩を落とす。

「あげくの果てには和菓子は嫌いだ、見るのもイヤだなんて言い出しちゃって。昔は『くろおや』の練り切り大好きだったくせに」

「売り言葉に買い言葉だろ。本気でそんなこと思ってないって」

お代わりのジンジャーエールのグラスを置いた大樹が、なぐさめるように言う。

（星花ちゃん、お父さんとケンカしたかったわけじゃないもんね……）

碧の父はとてもおっとりしていて温厚な人だから、怒鳴り合うようなケンカをしたことはない。その一方で、亡き母とは数えきれないほど言い合った。家族と険悪になってしまうと、それまでなんとも思わなかった家の中が冷え冷えとした空気に包まれて、一気に居心地が悪くなる。

だから仲直りをして、ふたたび家に安らぎが戻ってきたとき、自分がこれまでいかにあたたかで幸せな場所に守られていたのかを実感した。

それを崩さないためには、自分勝手になってはいけない。身内だからといって自由気ままにふるまうのではなく、ふとした瞬間にお互いを思いやることが大事なのだ。普段は忘れがちになってしまうけれど。

「ほんとはさ、お父さんたちには昔みたいに仲良くしてほしいんだよ」

うつむいた星花がぽつりと言った。

「あたし、子どものころからお父さんに連れられてこの店来てるけど、黒尾のおじさんもだいたい一緒だったんだ。あたしと慎二と蓮兄はご飯食べて、お父さんたちは楽しそうにお酒飲んで……。女将《おかみ》さんも『仲良しねー』って言ってたくらいだもん」

失われた日々をなつかしむように、星花は座敷に目を向ける。

「なのにいまは、黒尾は裏切り者だー、なんてさ。いつまでも商店街に義理立てする必要ないじゃん。いまでもそんなこと言ってんの、頭の固い一部の人だけだよ」

「たしかにな。ほとんどの人は、もうなんとも思ってないだろうし」

「いいかげん認めればいいのにね。駅前開発をなかったことにはできないし、『くろおや』はそこで上手くいってるんだから」

「とはいっても、うちの親父は商店街に負い目があるからなぁ。本人が『自分は裏切り者だから、このあたりには近づけない』って思いこんでる」

腕を組んだ慎二が、眉間《みけん》にしわを寄せる。

だから「くろおや」の主人は商店街から遠ざかったのだ。罪悪感から桜屋の主人とも対等につき合えなくなり、疎遠になっていったのだという。

「逃げてばっかいないで、一度腹を割ってとことん話し合うべきなんだよ。この際だからなんとかしてお父さんたち、会わせられないかな」

「そうだな……。このままだとたぶん、何も変わらないだろうし……」

何事か考えていた大樹が、ふと顔を上げた。じっと星花を見据える。

「だったら誘い出してみるか」

「え？」

「ちょっとだまし討ちになるけど、おじさんたちを会わせてみようか。この店で」


それから五日後の、木曜日。

四時過ぎに駅ビルに向かった碧は、地下に降りるエスカレーターに乗った。

地下一階には洋菓子と和菓子を取り扱っている店が集まっている。もうひとつ下の階には生鮮食品のスーパーが入っていた。

和菓子屋「くろおや」は、狭いスペースにひしめき合って販売しているほかの店舗とは違い、独立した一軒の店で営業していた。堂々とした筆文字で店名が書かれた木製の看板は、商店街時代から使われているという。

碧は自動ドアをくぐって中に入った。黒と白を基調とした、シンプルでありながら洗練された和風モダンな内装だ。落ち着いているけれど古臭さは感じない。

正面のショーケースに近づくと、内側で干菓子を出し入れしていた男性が顔を上げた。

「いらっしゃいませ」

「こんにちは」

紺色の作務衣《さむえ》スタイルに前掛けをつけた男性は、「くろおや」の主人で慎二の父親だ。背はそれほど高くないが、目つきは鋭く隙がない。少し怖そうな雰囲気だが、話してみると穏やかで、物腰もやわらかい人だった。

目線を落とした碧は、ショーケースをのぞきこんだ。

甘さと塩辛さが絶妙にマッチした、砂糖醤油《じょうゆ》のタレがやみつきになるみたらし団子に、丁寧に焼き上げて、なめらかなこしあんを載せた串団子。もちもちとした食感と手軽さが魅力のお団子は、誰からも愛される人気の和菓子だ。

うさぎや猫、小鳥といった動物を模した練り切りは、ショーケースの上段に飾られている。ひとつひとつが手づくりなので、よく見ると微妙に顔が違っていておもしろい。

つややかな表面が美しく、小豆《あずき》の風味を閉じこめた練り羊羹《ようかん》もはずせないし、季節に応じて販売される月替わりの上生菓子は、月に一度の贅沢《ぜいたく》だった。

(今月はうぐいす餅《もち》か……。これも食べたいな)

あんこを包んだ求肥にうぐいすきな粉をまぶした、ぽってりとした黄緑色のお餅を見つめていた碧は、ようやく我に返った。買いに来たのはこれではなく――

「ありがとうございました。またどうぞ」

目的の和菓子を購入した碧は、主人に見送られて店を出る。その足で「ゆきうさぎ」に行くと、外では大樹がいつものように煙草《たばこ》を吸っていた。

「お疲れ。あれ、買えたか?」

「はい。ついでにわたしたちのぶんも買ってきちゃいました」

「お、いいな。仕込みが終わったらお茶にするか」

そうして十八時には夜の営業がはじまり、十九時半を回ったころ、戸が引かれて見慣れた顔があらわれた。

「大ちゃんにタマちゃん、こんばんはー」

「桜屋さん、いらっしゃいませ」

カウンターの外にいた碧は、入ってきた主人——桜屋陽太《ようた》を笑顔で出迎える。桜屋洋菓子店は木曜が定休日なので、その表情に仕事疲れはない。

「今日はさあ、めっずらしく蓮が一緒に飲もうなんて誘ってきてさ。どーいう風の吹き回しなのかねえ？」

「たまにはいいだろ。新作ケーキのアイデアについて話したかったし」

陽太のあとから姿を見せた蓮が、父親に気づかれないように碧と大樹に目配せする。小さくうなずいた碧は、陽太をカウンター席の端に案内した。

「ここならゆっくりお話できますよ」

「ありがとう。うちのカミさん、風邪が治ったと思ったらさっそく友だちと遊びの約束だよ。今日はどこぞのホテルでランチビュッフェと浅草《あさくさ》見物だと。俺は家でひとりさびしくカップラーメンだったたってのに」

「楽しそうでいいじゃないですか。ビュッフェうらやましい……」

「ま、子どもの手も離れたし、元気で好きなことできるならそれでいいけどな」

蓮が隣に座ると、ふたりは大樹が出したお通しをつつきながら、ノートを広げて真剣な面持《おもも》ちで話しはじめた。新作の相談をするというのは本当なのだろう。

カウンターの内側に戻った碧は、大樹に近づくと小声で言った。

「これで黒尾さんが来れば完璧ですね」

「シンの話じゃ、八時に仕事が終わるみたいだから……。うまく誘って連れてくるとは言ってたけど、どうなることか」

（八時か……。駅ビルからここまで五分くらいだし、半ごろには来るかな）

しかし二十時半を過ぎ、二十一時近くになっても慎二たちは一向に来店しない。

急に残業になったとか？　それとも何か不測の事態が――

「んー？　もう九時か。母さんも帰ってるだろうし、そろそろ……」

「いや、その、あと少しゆっくりしない？　おつまみ頼んで」

「もう食えねーよ。おまえだって明日仕事だろ」

腰を上げようとする陽太を、蓮がなんとか引き止めている。助けを求める視線に気づいた碧は、大樹に「あの」と声をかけた。

「わたし、ちょっと外見てきてもいいですか？」

「かまわないけど、夜も遅いからそんな遠くまで行くなよ」

わかりましたと答えた碧は、厨房から抜け出した。格子戸に手をかけたとき、勝手に戸が開く。

「あ、慎二くん。遅かったから心配したよ」

お父さんは？　と小声でたずねると、彼は無言で顎《あご》をしゃくった。

暖簾《のれん》をかき分け外に出た碧は、彼が示す方向に目を向ける。店の軒下《のきした》には毎度おなじみ武蔵と虎次郎がいたのだが、いつもとひとつ違う点は「くろおや」の主人が彼らの前にしゃがみこみ、小さなスケッチブックに鉛筆を走らせていることだった。

「説得してここまで連れてきたんスけど、あの猫たち見たら目の色変えちゃって。なんかインスピレーションでも湧いたのかな」

一心不乱にデッサンをする主人の前で、状況がわからないらしい虎次郎はきょとんとした表情で小首をかしげていた。一方の武蔵はまんざらでもなさそうな顔で、おとなしくモデルになっている。

「――――よし、これでいい。猫たちよ協力感謝する」

やがてスケッチブックを閉じた主人は、ゆっくりと立ち上がった。エプロン姿の碧と目が合うと少しだけおどろきを見せる。夕方に買い物に来たことを憶えているのだろう。

「ここの店員さんだったのか」

碧が会釈をすると、主人は「ゆきうさぎ」の店構えを感慨深げに見上げた。

「なつかしいな。ここに来るのは何年ぶりだろう……」

「親父、商店街の人たちに白い目で見られるのが嫌で、ずっと避けてたもんな」

「意気地がなかっただけだ。桜屋の陽太は中にいるんだね」

主人の視線を受けて、碧は「はい」とうなずく。わずかにためらってから、主人は意を決したように暖簾をくぐった。

「いらっしゃいませ。お待ちしてました」

中に入ると、微笑んだ大樹が声をかける。

二十一時を過ぎたので、店内のお客は桜屋親子を入れても五人だけになっていた。緊張を見せながらカウンターに近づいていった主人は、陽太のそばまで行くと足を止める。

「久しぶりだな、陽太」

「へ？」

顔を向けた陽太は、そこに立っているのが誰なのか気づくと、ぽかんと口を開けた。同時に息子の思惑も察したのか、ほろ酔いでゆるんでいた表情が一気にこわばる。

「謀《はか》ったな……蓮！」

にやりと笑った蓮は、「あとはごゆっくり」と言い置いて立ち上がった。空いたその椅子の背もたれに、「くろおや」の主人が手をかける。

「慎二たちが設けてくれたいい機会だ。逃げるのもなんだと思ってな」

「……」

「座らせてもらうぞ」

淡々と言った主人は、陽太の許可を得るより先に、隣の席に腰を下ろした。

陽太は一瞬、腰を浮かせかけたが、思い直したのか退席することはなかった。ほっとした大樹が、お茶が入った湯呑みとお通しの皿を差し出しながらたずねる。

「黒尾のおじさん、何か食べます?」

「申しわけないが夕食は少し前にすませていて、腹はあまりすいてないんだ」

「それなら軽く一品だけつくりましょうか。おじさんの好物」

「あれか……。せっかくだからお願いしようかな」

大樹が準備をはじめると、お茶を飲んだ主人が口火を切った。

「桜屋は、少し趣向を変えたらしいな。健康のことを考えたケーキを売りはじめたと、うちのお得意さんが話していた」

「………」

「評判が上がっているようでよかった。最後にこの店で飲んだとき、売り上げが伸び悩んでるって愚痴《ぐち》ってただろう」

「――ふん。あっさり商店街を捨てたやつに心配されるほど落ちぶれちゃいねーよ」

鼻を鳴らした陽太は、残っていた焼酎《しょうちゅう》のグラスを一気にあおる。

(うう、やっぱり攻撃的……)

はらはらしながら見守る碧の前で、主人はさらに言葉をつむぐ。

「捨てたとみなされてもしかたがない。でも、それを後悔したことは一度もない」

「なんだと?」

顔を上げた陽太と、静かな表情をした主人の目が合う。

「移転したことで『くろおや』が発展したのは事実なんだ。経営者として、より儲《もう》けが見込める立地を選ぶのは当然だろう。もしおまえが同じ立場になったとき、絶対に商店街を選ぶと断言できるのか?」

「それは……」

口ごもるのも無理はない。一昨年までの桜屋洋菓子店は、下がり続ける売り上げに苦しんでいた。駅前開発がはじまったとき、桜屋にも土地売買の話はあったようだが、当時はそこまで深刻ではなかったため断ったという。

「私には家族を養って、従業員の生活を守る義務があるんだ。白い目で見られるのは覚悟の上だった。だが……」

顔を曇らせた主人は、つぶやくように言った。

「陽太にまで裏切り者扱いされたのは、かなり堪《こた》えた」

穏やかな声音《こわね》。けれどそこには親友に背を向けられた主人の悲しみが凝縮されている。

気まずい沈黙が流れた。陽太は言葉を探すようにグラスをもてあそんでいる。

(どうしよう？　お酒でもおすすめして……)

碧が口を開きかけたとき、すぐ近くでじゅっという音が聞こえてきた。出汁《だし》を加えてこし器に通した卵液を、大樹が四角い卵焼き器に流し入れたのだ。

加熱して半熟になったら菜箸《さいばし》で手前に巻いていき、奥に寄せてから、空いた場所にキッチンペーパーに含ませた油を薄く塗っていく。二回目の卵液を流してふたたび巻き、もう一度同じ作業を繰り返す。

最後にくるりとひと巻きすると、仕上げに巻きすを使って形を整えた。

リズミカルかつ無駄のない動きは、碧ではとうてい真似《まね》できない。

(ふふ、楽しそう)

あるときは真剣に、またあるときは軽快に。料理をしているときの大樹は、いろいろな顔を見せてくれる。真面目に取り組んでいることには変わらないが、その様子からは料理をするのが楽しくてしかたがないのだという思いが伝わってくる。

『雪村さんって、お料理するとき何を考えてるんですか？』

『そりゃもちろん、それを食べる人のことだよ』

以前、碧が問いかけてみたとき、大樹はあたりまえのようにそう言った。

『これは常連の誰々さんの好物だなとか、食べた人はどんな反応するだろうとか。味覚は人によって違うから、誰もがおいしく感じる料理をつくるのは不可能なんだけど』

『そうですね……。わたしが好きなものでも、友だちは苦手とかよくあるし』

『常連なら好みを知り尽くしてるから、アレンジ次第でおいしく感じてもらえるようにはできる。でもはじめて来てくれた人には無理だろ。だから自分の味覚を信じて、自分が最高だと思える料理を出すんだ』

それで満足してもらえたら料理人冥利《みょうり》に尽きると、大樹は屈託《くったく》なく笑っていた。

「――お待たせしました」

主人の前に置かれたのは、だし巻き玉子を盛りつけた陶器の角皿。常連客のひとりである地元の陶芸家の一点もので、宣伝のためにタイアップして使っている。

だし巻き玉子は葛粉《くずこ》と淡口《うすくち》醤油を使った京都風で、砂糖は入れないシンプルな一品だ。シソの葉の上にはもみじおろしが添えられている。リクエストで明太子《めんたいこ》や紅生姜《べにしょうが》、チーズを入れる場合もあるが、それは常連しか知らないことだ。

「あいかわらずきれいな形だな」

主人が感心したように、だし巻き玉子に目を落とした。

(卵のいい匂い……。ふわふわでお出汁がたっぷりで、おいしいんだよね)

だし巻きは含まれる水分が多いほど、形をととのえるのがむずかしい。嚙んだ瞬間に口の中に広がる卵のとろみ、そして上品な一番出汁の味と香りがよみがえり、碧のお腹が大きく鳴った。

「これもご無沙汰《ぶさた》だったな。いただきます」

嬉しそうに箸をとった主人は、切り分けられただし巻き玉子をひとつ、口に入れた。じっくりと嚙みしめてから、ほうっと息を吐く。

「ああ……いいなあ。できたてはやっぱり最高だ」

「うちに通ってたときは、必ず頼んでましたね。桜屋のおじさんも」

おいしそうに頰張る主人の姿をちらりと見て、箸を持った陽太の右手がすっと動いた。

「あ、横取り」

「ひとつくらい分けてくれてもいいだろ。代わりにこれやるから」

陽太は食べかけの炒め物の皿を、主人のほうへと押しやった。だし巻きは最初に頼んでいたはずだが、人が食べているのを見ていると欲しくなってくるのが人間だ。主人はやれやれと言わんばかりに肩をすくめたが、咎《とが》めることはしない。

強奪しただし巻き玉子を、陽太はひょいと口の中に放りこんだ。

「うん、美味い！　出汁がよくきいてる」

「ここのだし巻きは、女将さんの時代から変わらないな」

「それがいいんだろ？　でも新しいメニューも増えてるぞ。ほら……これとか大ちゃんが大将になってから載るようになったやつだ」

「へえ……。おいしそうだな。これは大ちゃんの味なのか」

いつの間にか、陽太と主人は普通に言葉を交わし合っていた。

おいしいものは人の心を軽くして、楽しい気分にさせてくれる。からまっていた糸をほぐし、会話をはずませてくれる力もある。好物ならなおさらだ。

「さすがですね、雪村さん」

「俺は別に何もしてないぞ。だし巻きつくっただけで」

謙遜《けんそん》ではなく、本音なのだろう。彼はいつも丁寧に、心をこめて料理をするだけ。けれどその真心は、時にかたくなな人の気持ちも溶かしてしまう。碧自身も彼の料理に救われたから実感できる。

（雪村さんはやっぱりカッコいいな）

いつか自分も大樹のように、口にしただけで自然と誰かを笑顔にさせられる料理をつくりたい。碧はあらためてそう思った。

「なーんだ、やっぱふたりとも気が合うんじゃん」

「だよな」

だし巻き玉子がなくなるころ、厨房の奥から星花と慎二が姿を見せた。星花はずっと隠れて父たちの様子を見守っていたのだ。

「お父さんたち、お菓子職人なら最後は甘いもので締めようよ」

「デザートならちゃんと用意してあるからな!」

星花と慎二は、そう言って父たちの前に「締めのデザート」を置いた。

「これは……」

「おい、そうきたか」

目を丸くした彼らは、気が抜けたように笑った。

陽太の前に置かれたのは、碧が夕方に「くろおや」で買ってきた、まんまるな練り切りうさぎ。白あんと求肥、水飴《あめ》を混ぜて練り上げた生菓子だ。少し立ったピンクの耳と丸っこい尻尾がリアルで愛嬌《あいきょう》があり、つくり手の人柄をうかがわせる。

そして主人の前には、「ゆきうさぎ」で出している桜屋洋菓子店の豆乳プリンのカップがあった。どちらも、それぞれが心血を注いでつくりあげているお菓子たちだ。

「お互い、何年も味見とかしてないでしょ。この機に食べてみなよ」

視線を交わし合ったふたりは、菓子楊枝《ようじ》とスプーンを手にとった。陽太が練り切りに菓子楊枝を入れると、主人はスプーンでプリンをすくいとる。

「いただきます」

同時に一口。練り切りの上質な白あんの甘さを堪能し、口どけなめらかで喉越《のど》しのよいプリンの味を楽しんだ彼らは、やがて照れたように顔をほころばせた。

「……和菓子もまあ、悪くないもんだな」

「洋菓子もな」

「素直に『おいしい』って言えばいいのに」

星花があきれたようにつぶやいた。けれどお互いの気持ちは、お菓子を食べるときの幸せそうな表情で、ちゃんと伝わっているはずだ。

「この際だから言うけど……」

食べかけの練り切りを見つめながら、陽太は意を決したように続ける。

「俺は別に、『くろおや』の成功が妬ましいわけでも、商店街を抜けたから憎くなったわけでもなくてさ」

「え？」

意外そうに首をかしげる主人に、陽太はどこか拗ねたような口調で言った。

「おまえ移転するとき、俺にはひとことも相談とかしてくれなかっただろ。信用されてないのかと思ったら悔しくなったんだよ。勝手な言い分だけどさ」

「……そう、だったのか。陽太に話したら無駄に動揺させるかと思って黙ってたんだ。すまなかった」

「あやまるのはこっちのほうだ。変な意地張って、裏切り者だなんて言って」

陽太が「悪かった」と頭を下げると、主人もまた同じ動作で返した。ふたりの間を隔《へだ》てていた見えない壁が、完全に崩れていくのを感じる。

（これで誤解は解けたかな）

練り切りとプリンを食べながら、ふたりはそれぞれの味や素材について意見を交わし合う。そんな彼らを見つめていた碧は、安堵《あんど》して胸を撫《な》で下ろした。

ときに本音をぶつけ合うのは、決して悪いことではない。そうしないと相手の真意がわからないこともある。そのために「言葉」というものがあるのだから。

「おじさんたち、これからはまたおふたりで来てくださいね」

大樹が笑いかけると、彼らは「もちろんだとも」とうなずいた。

ひと月後――

「雪村さん、こんばんは！」

「なんだタマ、今日はお客か」

「大学はじまったので、その帰りです。もうお腹ぺこぺこ」

テキストが入ったトートバッグを椅子の下に押しこみ、碧はカウンター席に腰かけた。

四月になって学年が上がり、いつの間にか三年生。大学生活も後半に入り、まわりの同級生たちは、将来に向けて少しずつ動きはじめている。

「タマの大学、桜並木あったよな。もう散りはじめたか？」

「ピークは過ぎちゃいましたけど、まだきれいですよー。この時期は夜桜も見られるし、うきうきしちゃいますね」

「春が来たって感じだな。だいぶあたたかくなってきたし」

「……っと、そうだ。桜で思い出した」

白いビニール袋に手を入れた碧は、プラスチックの透明なパックをとり出した。最寄り駅に戻ってきたとき、「くろおや」で買っておいた桜餅だ。

「これ、差し入れです。休憩のときに食べてください。あとは……」

碧は正方形の小さなプラスチックケースをふたつ、大樹に手渡した。

手のひらにのる程度のケースに入っていたのは、黒ゴマペーストでつくられた黒白の猫と、カボチャのオレンジでトラ猫を表現した練り切りだ。

「動物シリーズ最新作〈のらねこ日和〉だそうです。このまえ武蔵と虎次郎を見て思いついたみたいで」

黒白猫が入った練り切りのケースを目の前に掲げた大樹は、楽しそうに笑った。

「……ははっ。すごいな、そっくりだ」

「武蔵のふてぶてしさと虎次郎の可愛らしさが、ほんとそのままですよね」

「あいつらに見せたらどんな顔するだろうな?」

大樹が言ったとき、格子戸が引かれた。連れ立って姿を見せた陽太と「くろおや」の主人が、笑顔で中に入ってくる。

「大ちゃん、来たよー」

「とりあえずは生ふたつ。あと、だし巻き玉子をふたりぶんね」

「いらっしゃいませ。すぐに用意するのでお席にどうぞ」

ふんわりとあたたかな春の宵《よい》。「ゆきうさぎ」は今夜もまた、にぎわいそうだ。

第4話　梅雨の祭りと彩りおやき

桜前線は北に進み、東京は葉桜となった四月の中旬。

この日は未明から小雨《こさめ》がぱらつき、上着がほしくなるような肌寒さだった。天気のせいか、土曜だというのに商店街は閑散《かんさん》としている。

「悪いなタマ、手伝わせて」

「ぜんぜん問題ありません。レポートで悩んでたからいい気分転換になります」

「レポート？　じゃあどうしてカレーなんか持ってきたんだ？」

「現実逃避の一種ですよ……。ほら、テスト前に無性に掃除とか片づけがしたくなるアレと同じです」

雪村《ゆきむら》家の台所で人数ぶんの緑茶を湯呑《ゆの》みに注ぎながら、碧《あおい》は乾いた笑いを漏《も》らす。

午前中、ふいにカレーが食べたくなって冷蔵庫を開けると、中にはトーストしたパンに塗って食べたくて購入したフランス産の高級バターにヨーグルト、そして鶏《とり》モモ肉があった。クミンやコリアンダー、ターメリックといった各種スパイスは常備していたので、碧は無心になってバターチキンカレーをつくった。

日ごろから研究しているだけあって、自作のカレーはマイルドながらも深みのある味わいに仕上がった。おいしいものは大樹《だいき》にも食べてもらいたい。彼に連絡を入れた碧はカレーをタッパーに詰め、いそいそと雪村家に向かったのだが――

(お客さんが来てたんだよね)

今日は兎縁町《とえにしちょう》商店会の幹部が集まって話し合いをするらしく、大樹はお茶とお菓子の用意をしていたところだった。それで手伝いを申し出て、現在に至っている。

雪村家は女将《おかみ》が存命だったころから、こうした会合によく使われているそうだ。年末には忘年会も行われ、碧と菜穂《なほ》は大樹を手伝って料理やお酒を準備した。

商店会の人々の多くは「ゆきうさぎ」の常連でもある。だからこの場所だと皆が集まりやすいとのことだった。それは「ゆきうさぎ」と雪村家が、昔からこの町の人々のよりどころであるという何よりの証拠だ。

「お茶請けは温泉まんじゅうですか」

「定休日に実家に帰ったから」

それを聞いて、昨年の秋に出会った、大樹の弟嫁であるひかるのことを思い出す。

彼女は春が来る少し前に、めでたく仕事に復帰した。病院にはまだ通っているが、過食の症状はだいぶ落ち着き、増えてしまった体重も少しずつ減らしているそうだ。

(忙しくてこっちにはなかなか来れないかもしれないけど、また会えたらいいな)

碧は大樹と手分けをして、湯呑みとまんじゅうの皿をお盆に載せた。廊下を通り、庭に面した十畳の和室に向かう。

「失礼します」

中に入ると、客間には七名の男女が集まっていた。

年齢層は幅広く、三十代から八十代まで。桜屋《さくらや》洋菓子店の主人、陽太《ようた》を含めた六人は座卓で顔をつき合わせていたが、七人目——彰三《しょうぞう》は少し離れた場所に座布団を敷き、その上にあぐらをかいている。さらに腕組みをして重鎮《じゅうちん》のような雰囲気を醸《かも》し出していた。

(どうして彰三さんが……?)

商店会に入っていないはずなのに、なぜここにいるのだろう。疑問に思っていると、六十歳ほどに見える商店会の会長が口を開いた。

「——やっぱり六月がいいのかね?」

湯呑みをそれぞれの前に置きながら、碧は自然と耳をそばだてる。

「六月が妥当でしょう。梅雨《つゆ》に入るし」

「雨の日はなかなか外に出たくありませんしねえ」

商店会の幹部たちは納得したようにうなずいているが、話の意図がつかめない。

「天気が悪いのは嫌ですね。低気圧が近づいてくるといつも頭痛が」

「私は膝《ひざ》の痛みがひどくて」

「古傷も疼《うず》くぞ。三十年前の青春の記憶も一緒に……」

なんだか話が脱線している気がする。お茶とお菓子を配り終えて下がったとき、襖《ふすま》の近くに立っていた大樹が小声で言った。

「近いうちに、商店街で販売促進のキャンペーンをやろうって企画なんだよ」

「なるほど。それが六月」

「毎年、その時期は全体的に売り上げが鈍くてさ。だから今年は、ちょっと予算費《つい》やしてお客を呼びこもうって話になったんだ」

大樹と碧の視線の先で、幹部たちは話を戻して会議を続ける。

「抽選会でもやりますか？　クリスマスのときみたいに」

「同じなのは芸がない。スタンプラリーはどうだろう。五百円……もしくは千円以上の買い物か食事でスタンプひとつ。集めた個数に応じた景品を」

「その景品はどうします？　しょぼいと見向きもされませんよ」

「今回は宣伝のほうに予算をかけたいからな……。お買い物割引券とか、たい焼き引換券とか。あとはそれぞれの店から何かを持ち寄って」

「うーん……。もう少しその、なんというか華やかにしたほうがいいのでは？　お客の興味を大きく引けるような目玉をつくって」

「五月に〈ラビル〉の周年イベントがあるだろ。あっちは何をやる気なんだ？」

〈RABILL《ラビル》〉は兎縁町商店街のライバルである、駅ビル内の商業施設の名だ。一般公募で選ばれたのだが、「ラビット」と「ビル」を掛けているらしい……。

駅ビルの完成で商店街は縮小したが、いまでもそれを恨んでいる者は、この場に集まった人々の中にはいない。桜屋の陽太もつい先日、「くろおや」の主人と和解した。しかし〈ラビル〉がライバルであることに変わりはないので、その動向は常に気にしている。

「――聞いておどろけ。あちらさんはな、抽選で豪華ハワイ旅行ペアチケットと有名ホテルレストランの食べ放題プランを用意したらしいぞ」

ふいに発せられた彰三の言葉に、幹部たちは「なにぃ!?」と色めき立った。

「信じられん！　どこからそんな予算が」

「儲《もう》かってるんですねー……」

「っていうかなんで彰三さんがいるんですか。部外者でしょ」

「水臭《くせ》ぇこと言うなって。この町に生まれて八十一年。商店街のことについては、ここにいる誰よりも詳しいぞ」

彰三は自慢げに胸を張る。口ではいろいろ言いつつも、幹部たちは彰三を邪険に追い出したり、あからさまに嫌な顔をしたりはしない。彼は「ゆきうさぎ」の常連客のヌシ（大樹曰《いわ》く）だが、商店街のヌシでもあるのだ。

「彰三さんの情報がほんとなら、こっちは逆立ちしたってかなわないぞ」

「しかも五月じゃ、うちのキャンペーンより先になりますよ」

「どう足搔《あが》いてもしょぼく見えるだろうなぁ……」

幹部たちが一様に遠い目になった。会長は飲み終えたお茶の湯吞みを握りしめ、なんとか平静を保とうとする。

「む……向こうがカネの力を使う気なら、こっちは真心で勝負しようじゃないか」

「具体的には？」

「それをこれから話し合うんだろう」

室内が静まり返った。幹部たちがむずかしい顔で考えこんでいると、それまで黙って成り行きを見守っていた大樹が話しかける。

「目立たせるなら『えにぴょん』を出動させてみては？　子どもは集まるだろうし、少なくとも人目はひきます。このところ見てないけど……」

――えにぴょん？

碧は首をかしげたが、すぐに思い出す。うさぎをモチーフにした商店街のマスコットキャラだ。昔はイベントのたびに不気味な……もとい、個性的な顔立ちの着ぐるみが商店街を練り歩き、特設ステージの上をハイテンションで飛びはねていた。

大樹の言葉で、幹部たちもその存在を思い出したようだった。

「おお、そうだな！　久しぶりに日の目を見せてやるか」

「でもあいつ、どこにしまったんでしたっけ？」

一瞬の沈黙のあと、陽太が「うろ覚えだけど」と目を細める。

「たしか倉庫の隅《すみ》で埃《ほこり》まみれになってたような……。一度クリーニングしないと使えないんじゃないか？」

「それに誰が『中の人』になるんだよ？　六月の着ぐるみ内部は地獄《じごく》だぞ」

「耐えられるのは体力のある若い人でしょう。大ちゃんとか」

「大ちゃんは身長が高いから無理だろ。もう少し小柄な人じゃないと——」

その後も話し合いは白熱し、すぐ帰るつもりだった碧も、いつの間にか大樹と一緒に聞き入ってしまう。

ようやく会議が終わったとき、外は日が暮れかけていた。


そして日にちは過ぎ、ゴールデンウイークに入った五月のはじめ。

定休日の午前中、碧は菜穂と一緒に「ゆきうさぎ」の中にいた。今日は午後から用事があったが、正午にここを出れば間に合う。

「キャンペーン用の限定料理、試作品ができたから味見してほしいんだ」

大樹はそう言って、碧たちを店に呼んだ。

「急に呼びつけて悪かったな。タマは時間大丈夫か?」

「はい。雪村さんの新作が食べられるなら、どこからでも駆けつけますよ」

「タマさんはほんとに大樹さんのお料理が好きですよね」

「雪村さんのご飯だったらいくらでも食べられます!」

菜穂と並んでカウンター席に腰かけると、大樹は水出しした冷たいほうじ茶を注いだグラスを用意してくれた。グラスに口をつけ、渋みのないすっきりとした味わいを楽しむ。

商店会の話し合いの末、キャンペーンはスタンプラリーに決まった。

期間内に集めたスタンプの数で景品と交換するのだが、それだけでは地味だということで、抽選で旅行券をプレゼントすることにした。もちろん〈ラビル〉のように海外とはいかないが、国内の温泉旅館ならじゅうぶんだろう。

協力を申し出たのは、ほかならぬ大樹だった。

『もしよかったら、実家に交渉してみますよ。できるだけ安くできるように』

『そうか!　大ちゃんは旅館の息子だったよな。ぜひとも頼む』

無事に目玉が決まり、キャンペーンの企画がまとまった。一日からは〈ラビル〉で華々しい周年イベントが開催されているが、偵察に向かった幹部によると、やはり普段よりも客足は増えているという。

『来週の土日は、有名タレントだか俳優だかを呼んでトークショーをやるらしいぞ。地元のテレビ局も撮影に来るとか』

『こ、このうえさらに贅沢《ぜいたく》な企画を……』

『うろたえるな！　こっちには最終へい――隠し玉の「えにぴょん」がいる！』

『いや、兵器使っちゃダメでしょ……』

『思い出したんですけど、あの着ぐるみ何年も前、怖すぎて子どもに泣かれたから引っこめたような気が』

『最近は町おこしのマスコットが流行ってるんだろ。大丈夫だよ。……たぶん』

ライバルの成功に動揺しながらも、商店会の人々は水面下で準備をすすめた。

人気タレントを招く予算はとてもなかったので、地元出身のそれなりに名が通ったお笑い芸人に依頼をして、公民館でライブを開くことにした。チケットは無料で、商店街で買い物をした人に配られる仕組みだ。

飲食店には、「できればキャンペーンに合わせて新メニューを」というお達しがきた。

大樹は考えた末に、期間限定の商品を販売することにしたのだった。

「せっかくだから、いつもとはちょっと違った趣向にしようと思ってさ」

厨房《ちゅうぼう》の大樹はコンロの前に立っていた。ステンレスの鍋にセットされた竹製のせいろからは、白い蒸気が噴き出している。

「そろそろいいかな」

大樹が鍋つかみで蓋《ふた》を開けると、もわっとした蒸気が上がった。トングで中身をとり出し、通気性のよいざるに上げて粗熱《あらねつ》をとる。

ほどよく熱が引いたころ、それはお皿に盛りつけられて碧たちの前に置かれた。

「灰焼きとか揚げるとかのタイプもあるけど、とりあえずは二種類で」

お皿に目を落とした碧は、すぐにその正体に気がついた。

「これ、おやきですか?」

「そう。白いほうは蒸しただけのもので、焼き色がついてるのはフライパンで焼いてから蒸してる。中に入ってるのは……まあとにかく食べてみろよ」

おまんじゅうのようにふくらんだ、手のひらサイズの丸いおやき。碧も何度か口にしたことのある、信州などで親しまれている郷土料理だ。それぞれの家庭の味があり、具材のバリエーションも多岐《たき》に渡るらしい。

「灰焼きのおやきは、囲炉裏《いろり》の火で生地を焼いてから、灰の中で蒸し上げるんだってさ。さすがに囲炉裏はないから、ここじゃできないけど」

「昔ながらのつくり方ですね」

「ルーツは縄文《じょうもん》時代らしい」

「えっ！　そんなに前から？」

「信州の遺跡で穀類《こくるい》を焼いてた跡が見つかったから、その説が生まれたみたいだ。何千年も前だぞ。すごいよな」

碧はしげしげとおやきを見つめた。それほど長い歴史があるとは。

「それじゃ、いただきます」

お手拭《てふ》きで手を拭《ぬぐ》った碧は、まずは焦げ目がついたおやきに手を伸ばした。できたては熱かったが、持てないほどではない。小麦粉の皮に包まれたそれにかぶりつく。

「熱っ！」

カリッとした表面の皮を破ったとたんに、中にぎっしりと詰まっていたジューシーな餡《あん》が飛び出した。息を吹きかけて冷ましながら、熱々を嚙《か》みしめる。

(味噌《みそ》の味がする。ひき肉は鶏《とり》？　あとは……)

具材は小さく刻まれていたから原形はなかったが、なんとなく予想がついた。

「これは……ナスかな？　鶏のひき肉も入ってますよね。甘めでおいしい」

「肉味噌炒《いた》めだから。米ナスは肉厚で、熱を通すと美味《うま》くなるんだ。くり抜いてグラタンを詰めたり、あとは田楽《でんがく》なんかにしたりしても最高だよな。夏もいいけど秋ナスが出回るのがいまから楽しみで……」

大樹の目はいつになく輝いている。ナスのことになるとこれだ。

（ほんとにナスが好きなんだなぁ）

「こっちはきんぴらごぼうですよ。ピリ辛で、生地がやわらかくてもっちもち」

菜穂が半分に割ったおやきの断面を見つめている。彼女の言う通り、皮の中から細かくしたごぼうとニンジンがのぞいていた。

「肉味噌炒めときんぴらだったら、いつもの仕込みぶんを流用できる。あとは定番の野沢《のざわ》菜《な》とか。辛子《からし》高菜も美味いし、ジャガイモとチーズも合う。試そうと思えばどんな食材でも入れられそうなのがいいよな」

「オールマイティですねえ」

「デザート感覚にするならカボチャかあんこ、林檎《りんご》かな。店内で食べるだけじゃなくて、テイクアウトにもできるようなものにしたくてさ」

「ああ、それは手軽でいいかも」

それなら時間がなくて、店の中で食べられない人にも提供できる。

「夜はテイクアウトまで手が回らないし、やるならランチタイム限定だな。レシピが完成したら、タマとミケさんもつくれるように教えるから」

「はーい」

「責任重大ですね……！」

その後は他愛のない話をしながらおやきを平らげたとき、引き戸が軽く叩かれた。

「ああ……約束の時間か」

時計に目をやった大樹が、厨房から外に出た。出入り口に向かう。

これから誰かと会うのだろうか？　碧の視線の先で、大樹は施錠を解いて戸を開ける。

そこに立っていたのは、濃い目の茶髪をきちんとまとめた三十前後の女性だった。

細身のパンツスーツを着こなしていて、靴のヒールは低め。右肩には大きな革のバッグをかけている。知的な印象で、いかにも仕事ができそうな雰囲気だ。

きりりとした顔立ちの女性は、大樹に向けて礼儀正しく頭を下げた。

「雪村さん、本日はお時間とっていただきありがとうございます」

「……ご無沙汰《ぶさた》してます。双葉《ふたば》さん」

その声を聞いたとき、碧はあれ？　と疑問に思った。

耳に響いた大樹の声音《こわね》が、いつもとは少しだけ違う気がする。表情もややこわばっているように見えた。――緊張している？

(気のせいかな？　でも違和感が)

「鳴瀬《なるせ》のほうから話は行っているかと思いますが、今回はお話をうかがうだけですので。写真撮影はまた後日、あらためて」

ええと答えた大樹は、体をずらして双葉を中へと招いた。

店内に足を踏み入れた彼女は、カウンター席に座る碧と菜穂を見て、わずかに目を見開いた。碧が反射的に会釈をすると、同じ動作で応《こた》える。

「あの、あちらの方々は？」

「うちの従業員です。キャンペーン商品の試食をしてもらってて」

「そうですか……」

大樹は碧たちを帰らせるつもりはないようだが、双葉のほうは戸惑っていた。彼女はたぶん、ふたりだけで話をする気だったのだ。

さきほど彼女が口にした「鳴瀬」とは、イベント企画会社を経営している常連客の鳴瀬隼人《はやと》のことだろうか。仕事の話だったら邪魔をしてはいけないと、碧は自分のトートバッグをつかんで立ち上がる。

「雪村さん、わたしそろそろ出ますね」

「え?」

「十二時半に玲沙《れいさ》たちと待ち合わせしてるし……。遅刻したらいけないので」

「私も本屋のバイトに行かないと。おやき、ごちそうさまでした」

時間を確認した菜穂も、椅子《いす》から腰を浮かせた。

大樹は一瞬、物言いたげな顔をしたものの、「わかった」と言って戸を開ける。

「ふたりとも、今日はわざわざありがとな。あとタマ、腹がふくれたからって電車の中で居眠りするなよ?」

口の端を上げ、いつものように軽口を叩く大樹に、碧も笑って答える。

「やだなぁ、大丈夫ですって。それじゃ……」

ゆっくりと戸が閉まる。大樹の姿が見えなくなると、碧は小さく息をついた。

(大丈夫……だよね?)

気を取り直して駅に向かって歩きはじめると、隣を歩いていた菜穂が眉根を寄せた。

「タマさん……。大樹さん、ちょっと様子がおかしくありませんでした?」

「あ、ミケさんも気づいてたんですね」

人当たりのよい彼にしてはめずらしく、声が硬かったからだろうか?

普通の人は気づかないだろう、わずかな変化。しかし大樹と二年をともにしてきた碧には、その些細《ささい》な違和感を察することができた。彼が誰かに対してあのような反応をするのはめずらしかったので、気にかかる。

(ご無沙汰してるって言ってたし、前からの知り合い?)

足を止めた碧は、ちらりと店をふり返った。

誰とでもすぐに打ち解けられるような大樹に、苦手な人がいるとは想像しにくい。けれど彼だって人間なのだから、馬が合わない相手のひとりやふたりは存在するだろう。それがさきほどの女性なのかはわからないけれど。

「タマさん、早くしないと遅れちゃいますよ」

「あ、すみません」

すっきりとしない気持ちを抱えながら、碧はふたたび前を向いて歩き出した。

謎の女性の正体は、翌日の夕方にバイトに行ったとき、大樹の口から明かされた。

「双葉さんは、鳴瀬さんの会社と契約してるフリーライターだよ」

今日は早めに仕込みが終わり、開店まではまだ時間がある。

頭に巻いていたバンダナとエプロンをはずした大樹は、双葉からもらったという名刺を見せてくれた。

――双葉栞《しおり》――


肩書きの部分にはたしかに、フリーライターの文字が打ち出されている。

「時間あるし、休憩室で話すか」

大樹は碧をともなって、四畳半の和室に入った。

座布団の上にあぐらをかき、小さな座卓の上に愛用のノートパソコンを広げると、手招きをする。彼の隣で膝を折った碧は、ディスプレイをのぞきこんだ。

表示されていたのは、兎縁町商店街の公式サイトだった。

(忘れかけてたけど、そういえばこんなものがあったんだっけ)

サイトを管理しているのは、商店街の隅でひっそりと古書店を営んでいる主人だ。生真面目な人なので、サイトは定期的に更新されている。

「こんなところに『えにぴょん』が……」

マスコットキャラということで、例のうさぎはここで活躍していた。

しかし目がうつろで生気がないのに、口元はあやしい薄笑いを浮かべているため、インパクトはあるが、親しみやすさの点では逆効果だと思う。

(夜中に無言で追いかけられたらホラーだよねって、前に友だちと話したな……)

「久しぶりに見たけど、やっぱりシュールだなぁ」

「そうか？　胸元とかフカフカで気持ちよさそうだし、子どもも受けすると思うけど」

(雪村さん、胴体だけで判断してる……)

大樹は涼しい顔で、イベント情報のページに飛んだ。来月からはじまるキャンペーンの詳細がしっかり記されている。

「これ、鳴瀬さんの会社が出してるタウン情報誌で特集組んでもらうことになってさ」

「そうなんですか？　知らなかった」

「わりと急に決まったからな。最初は〈ラビル〉に対抗してテレビ取材にするつもりだったんだけど、本決まりまではいかなくて。代わりに鳴瀬さんと交渉して、雑誌に載せてもらうことになったんだよ」

「その記事を書くのが双葉さんってことですか？」

ああとうなずいた大樹は、画面から顔を上げた。碧と目を合わせる。

「あの人はいつもいい記事を書いてるから。読みやすくて、内容もすっと頭に入ってくる文章でさ。タマも一回は目にしてるはずだぞ」

「え、でもわたし、あの雑誌は買ったことが――」

ないと言いかけたときに思い出す。一年半近く前になるが、一度だけ自分で購入したことがあった。あの号のことを言っているのなら……。

「双葉さんってもしかして」

「前に『ゆきうさぎ』を取材した記者だよ。タマ、俺の家まで雑誌見せに来ただろ」

「そんなこともありましたね……」

おととしの十二月、雑誌には市内の知られざる飲食店を特集した記事が載った。

その中で「ゆきうさぎ」も大きく紹介されていたのだが、店主の大樹は乗り気ではなかった。先代女将の時代に同じような取材を受けた結果、新規のお客が押し寄せて混乱した経験があるからだった。

当時の「ゆきうさぎ」で働いていたのは、女将とアルバイトの学生がひとりだけ。常にふたりがそろっているわけではないので、一日のお客が多すぎると、理想的なサービスが提供できなくなる。余裕を失ってからは、お客を機械的に「さばく」ことになり、女将がめざした「おもてなし」の形が崩れてしまったのだ。

その後、女将は取材のいっさいを断るようになった。

目が届く範囲のお客に、最高のおもてなしを。それが女将の信条だったからだ。

おいしい手づくり料理とお酒、そして気楽な会話や雰囲気。

自宅でくつろぐときのように、それらをゆったりと楽しんでもらうためには、せわしない店であってはならない。従業員の心のゆとりも必要になる。

大樹が店を継いでからも、基本のコンセプトは変わっていない。

『儲けは大事だけど、先代が守ってきた雰囲気を壊したくないから』

それなのに記事が載ったのは、担当したライターが覆面調査を強行し、大樹に掲載の事後承諾をさせたからだった。同じ月には記事が引き金となった嫌がらせ事件も起きてしまい、さすがの大樹も消沈していた。

(あのときの雪村さんはつらそうだったな……)

思い出すだけで胸が痛む。

――だから雪村さん、双葉さんに対してぎこちなかったんだ。

大樹にとって、あの記事と双葉はたぶん、嫌な記憶につながる軽いトラウマのようなものなのだろう。彼は双葉も嫌がらせをした相手も許したが、心の深い場所では気にし続けているのかもしれない。

(だからあのとき、わたしとミケさんにいてほしかった、とか……？)

碧たちが帰ろうとしたとき、大樹は引き止めたがっていたようにも見えた。

「すみません……。昨日の取材、わたしたちも一緒にいたほうがよかったですか？」

「ああ、気づいてたのか。我ながら情けないな」

ノートパソコンを閉じながら、大樹は苦笑いをする。

「そんなことないですよ！　鈍くてごめんなさい」

「いや、むしろ鋭いほうだろ。その、あの人とはいろいろあったから……。ふたりきりになるのがちょっと気まずかったんだ。けど普通に話せたから気にすんな」

「ちなみにどんなお話を？」

「取材だからな。キャンペーンの限定品……おやきについてだよ。レシピが完成したら写真を撮って、紹介文と一緒に載せる予定で」

「でも取材、受けてもよかったんですか？　前みたいなことになったら」

表情を曇らせる碧に、大樹は「今回は特別」と言った。

「前とは違って『ゆきうさぎ』が大きく取り上げられることはないってさ。できるだけたくさんの店を紹介するから、扱いも小さいらしくて」

「そうなんですか？」

「ああ。だから変に目立つことはないと思う」

大樹が言うのなら問題ないのだろう。碧はほっと安堵《あんど》する。

「いい記事ができると嬉《うれ》しいですね。あの雑誌、けっこう売れてるみたいだし」

「そうだな」

ノートパソコンを小脇に抱え、大樹がゆっくりと立ち上がる。そろそろ開店時刻だったので、碧は彼と一緒に店へと戻った。


商店街の取材をはじめて三日目。双葉は最後の店となる、桜屋洋菓子店へ向かった。

「いらっしゃいませ」

ガラスのドアを開けて中に入ると、ショーケースの内側に立っていた背の高い少女が声をかけてきた。コックコートを着ているからパティシエだろうか。まだ二十歳《はたち》にもなっていなさそうだから、見習いなのかもしれない。

双葉はいつもの癖で、店内に視線をめぐらせた。

(築二、三十年くらい？　リフォームはしてなさそう)

外観から予想はついていたが、桜屋洋菓子店にはこれまで双葉が取材してきた有名パティスリーのような華やかさはなかった。かといってあまりに古臭いというわけでもなく、どこの町にもあるような、ごく普通のこぢんまりした洋菓子店だ。

よく言えば素朴《そぼく》で親しみやすく、悪く言えば垢《あか》抜けていない。

それはこの商店街全体に通じることだったが、桜犀はひと目でわかるほど、ショーケースも床もきれいに磨き上げられていた。毎日、すみずみまできちんと掃除をしているのだろう。清潔感のある店は、たとえ古くても好感度が高い。

ショーケースには、定番のショートケーキやモンブラン、ミルフィーユなど、やや大きめにカットされたケーキが並んでいる。

値段は全体的に低価格で、三百円台がほとんどだ。都心に行けば五百円や六百円の商品があたりまえのように並んでいるけれど、このあたりではこれくらいに抑えないと売れないのだろう。そしてたぶん、利益は少ない。

(桜屋はヘルシー志向に切り替えたって聞いたけど)

事前の調査通り、通常のケーキよりも野菜や果物、米粉を使った洋菓子の種類が多い。これなら特徴が出るし、他店と差別化する意味でも成功している。

さすがと言うべきか、人気だというプリンは完売していた。

不躾《ぶしつけ》に品定めをする双葉に、店員の少女は声をかけてくることはなかった。

しかし目が合うと、さわやかな笑顔を見せる。観察されていることには気づいていても双葉のことをお客だと思っているから、不快感を表に出すことはしないのだろう。まだ若いのにしっかりしている。

(――って、これは覆面調査じゃないんだから)

「ご注文、お決まりでしたらうかがいます」

「いえ、私はお客ではなく……」

名前を告げて主人に面会を申し出ると、少女は「少々お待ちください」と言って、ショーケースの奥にある厨房に消えていく。すぐにあらわれた主人は、双葉を見ると口の端を上げた。かぶっていた白い帽子をはずして会釈する。

「どうも。取材ですか」

「はい。こちらの洋菓子店でも新作を販売すると聞きまして」

「そうなんですよ。ニンジンと蜂蜜《はちみつ》を使ったシフォンケーキなんですがね。売れ行きと評判次第では通常のラインナップに加えようかと思ってるんですよ。あ、店先じゃなんだからこちらにどうぞ」

双葉は主人に案内されて、厨房の隣にある小さな休憩室に入った。すすめられた椅子に腰かけると、インタビューをしながらメモをとっていく。

「――まあ、そんなところですかね」

「ありがとうございました。うかがったお話、すべては無理ですができる限り記事にさせていただきます」

「シフォンケーキもじきに完成するんで、そのときはぜひ試食に来てください」

話を終えた主人は、休憩室を出てショーケースに近づいた。中に入っていた小ぶりのバナナパウンドケーキを一台、白い箱に入れる。

「これ、よかったら持っていって。自分で言うのもなんだけど美味いから」

「わざわざすみません」

「礼なんていいって。取材、今日で最後でしたよね。お疲れさんでした」

――またいただいてしまった……。

サブバッグの中には、取材に行くたびに店の人からもらった品が詰めこまれている。果物や壊れやすい干菓子などはビニール袋に入れたが、それもぱんぱんだ。彼らは双葉が断っても「いいから」と言って持たせてくるので、途中からはありがたくいただくことにした。それにしても多い。

『うちの店の写真が載るのよね。お掃除しておかないと』

『親戚に話したらさあ、読みたいから送ってくれって。発売日に本屋に走らないと』

『会長は顔写真と特別インタビュー付きだって？　いいなぁ』

『双葉さんだったっけ？　特集、読むの楽しみにしてるから』

どうもこの商店街の人々は、メディア展開というものに縁がなかったらしい。

最初はその浮かれように苦笑していたが、自分の記事を楽しみにしている人がこれだけいるというのは、双葉にとってもはじめての経験だった。

このくすぐったさは、ライターとして名前が出る初仕事をやり遂げたときの気持ちに似ている。実家の家族や親戚は大げさなほどよろこんでくれて、双葉が書いた記事が載っている雑誌が発売されるのを心待ちにしていた。

双葉は腕時計に目を落とした。すでに十九時を過ぎている。午前中から何軒もの店を回って取材をしてきたので、肩は凝《こ》ったし足もむくんでいた。

(今日はこれで引き揚げよう)

椅子から腰を浮かせると、主人が「そうだ」と声をかけてきた。

「記者さん、夕飯はこれからですよね」

「ええ……」

「向かいの『ゆきうさぎ』、おすすめですよ。もう取材で行ったかもしれないけど」

その名前を聞いたとき、思わず鼓動がはね上がった。主人は気づかず続ける。

「あそこの料理はなんでも美味いけど、俺はだし巻き玉子が特に好きでね。あれはあの店でないと食えないと思う。記者さん、卵いけます?」

「ええまあ、嫌いじゃないですが」

「先代の女将さんの時代から変わらない味で、何回食べても飽きないんですわ。いまは女将さんの孫が引き継いでるんだけど、その子が礼儀正しくてしっかりしててねー」

「……」

「まだ食べたことがなかったら、ぜひ行ってみてくださいよ。けっこういい食材使ってるわりに手ごろな値段だし」

曖昧《あいまい》にうなずいた双葉は、挨拶《あいさつ》をして出入り口に向かった。ドアを開けて外に出ると、主人が思い出したように口を開く。

「そうそう。最近、このあたりでひったくり犯が出るみたいだから気をつけて。記者さんみたいな若い女の人が狙われてるみたいだからね」

「ああ、それなら初日にうかがいました。ご心配ありがとうございます」

頭を下げた双葉は、踵《きびす》を返して歩きはじめた。

日はすでに暮れていて、外は暗くなっている。向かいの「ゆきうさぎ」では、引き戸を通して店内の明かりが漏れていた。

視線をそらした双葉は、大量の荷物を抱え直して歩き出す。

(この商店街の人たち、ご飯とかお酒の話になると、ほぼ全員『ゆきうさぎ』の名前を出すのよね)

それだけ地元に根付き、愛されている証拠なのだろう。しかし、他人の口からあの店の名前を聞くたびに、こちらの心臓がどきりとするのだからたまらない。

(早く帰ろう。また誰かにつかまる前に)

「記者さん、もしかしていま帰り？」

ふいに話しかけられふり返る。そこには午前中に顔を合わせた商店会の会長と、その夫人が仲良く腕を組んで立っていた。

「こんばんは。ご夫婦でお出かけですか？」

「すぐそこなんですけどね。『ゆきうさぎ』って小料理屋があるでしょう」

──またか！

絶句する双葉に、夫人が優しく微笑《ほほえ》みながら言う。

「わたしたち、あのお店でご近所さんたちとおしゃべりしながらご飯を食べるのが好きなの。煮物と炊《た》き込みご飯が特においしくてね。よろしければご一緒にいかが？」

「あ、いえ。ちょっとこのあと用事がありまして……。失礼します」

適当な嘘《うそ》をついて丁重に辞退した双葉は、そそくさとその場を離れた。今日も物騒な輩《やから》には会うことなく、無事に駅までたどり着く。

(ほんとにもう、みんなどれだけあの店が好きなのよ)

それから三十分ほどで、ひとり暮らしをしているマンションに帰り着いた。

「あー疲れた……」

ベッドに腰を下ろした双葉は、凝り固まった肩を揉《も》みながら大きく息を吐く。

（疲れたけど、なんか楽しかったかも）

明日はもう行かないのだと思うと、一抹《いちまつ》のさびしさを感じた。いつもは取材が終われば すぐに頭を切り替え、次の仕事の段取りをつけはじめるのに。

「……とりあえず、シャワーだ」

立ち上がった双葉はスーツの上着を脱いで、シワにならないようハンガーにかけた。まとめていた髪をほどき、バスタオルを抱えて浴室に行く。

シャワーを浴びてさっぱりすると、冷蔵庫から五〇〇mℓ入りのペットボトルをとり出した。背もたれつきの椅子に腰を下ろし、キャップをひねって冷たい緑茶を喉《のど》に流しこむ。

夕食をつくる気力がなかったので、桜屋洋菓子店の主人からもらったパウンドケーキを適当な大きさに切り分けた。ひと切れを手に持って、直接かじりつく。

口に入れた瞬間、熟したバナナの甘い匂いが鼻を通り抜ける。

しっとりとした生地には、香り高い紅茶の茶葉が練りこまれていた。卵もバターも入っていないが塩麹《こうじ》を使っているそうで、ふっくらした食感に仕上がっている。

(ああ、いい……。やっぱり甘いものは最高。バターなくてもちゃんとおいしいし)

パウンドケーキで気力を充塡《じゅうてん》した双葉は、バッグの中から取材に使ったボイスレコーダーとノートを引っぱり出した。記憶が新しいうちにメモをまとめておかなければ。

デスクトップのパソコンを立ち上げて、ノートに走り書きした内容を清書していく。作業を進めて次のページをめくると、ふいに手が止まった。


『小料理屋「ゆきうさぎ」の期間限定品　彩《いろど》りおやき』


――「ゆきうさぎ」……。

一年半前、自分が勝手に覆面調査をした店だ。

鳴瀬には「あの店は取材対象外だから」と釘を刺されたが、知る人の少ない隠れた名店を探していた双葉にとって、「ゆきうさぎ」はまさにうってつけだった。だからこっそりお客を装い、あの店の白い暖簾《のれん》をくぐったのだ。

(だし巻き玉子は、たしかにおいしかった)

ふわっとした歯ざわりと、やわらかく巻かれた卵の中からあふれ出す、上品な出汁《だし》の深みのある味わい。思い出した双葉はごくりと唾《つば》をのみこんだ。

そっと目を閉じると、まぶたの裏に当時の光景がよみがえる。

『お待たせしました。だし巻き玉子とナスの肉味噌炒め、あと生ビールです』

テーブル席に座っていた双葉のもとに料理を運んできたのは、まだ若いポニーテールの痩《や》せた女の子だった。「ゆきうさぎ」に行ったとき、カウンター席でおやきの試食をしていた子だ。彼女のほうは双葉の顔など憶えていないだろうが。

(たしか『タマ』ちゃん、だったかな)

印象深かったので、その名前は覚えている。

名札はつけていなかったけれど、店主が彼女のことをそう呼んでいた。もうひとりの女性店員は常連客から「ミケちゃん」と呼ばれていて、店名がうさぎのわりに猫ばかりだなと、小さな笑いがこぼれた。

『追加のご注文ですか？　おうかがいします』

――きっと学生のバイトだろう。答えられるかどうか。

若いということで相手を侮《あなど》っていた双葉は、少し意地悪な気持ちになってたずねた。

『いまの時期だけ出してるおすすめ料理はある？』

『おでんは十一月から二月までの限定です。お味は関東風の濃口醬油《しょうゆ》ベースですけど、牛すじは取り扱っていますよ』

『ほかには？』

『かぶら蒸しはいかがですか？』

『ああ、いいかも。ここのお店ではどんな食材を使ってるの？』

『お魚は駿河湾《するが》でとれた金目鯛《きんめだい》です。旬なので良質な脂《あぶら》がのっていますよ。お野菜は京都から取り寄せた金時人参《きんときにんじん》と聖護院蕪《しょうごいんかぶ》を使っているので、ふんわりしていて甘みがあります。ぜひお試しください』

どの質問にも、彼女はおっとりと、よどみなく答えた。

お客に訊《き》かれてもきちんと応対できるよう、しっかり教育されていたのだ。

彼女を雇っていたのは、双葉よりも年下に見える青年。その若さで小料理屋の主人をやっているのかと、感心したことを憶えている。

店員の接客態度には思いやりがあり、料理もお酒もはずれがない。

これはと思った双葉は、その後も二、三度店に通い、記事を書いたのだった。

店主には事後承諾でいいだろう。悪いことは書いていないし、実際に記事を読めば納得してくれるはず。そう考えていたのだが——

（まさか雑誌が出たあと、店に迷惑がかかってたなんて）

鳴瀬からことの顚末《てんまつ》を聞いた双葉は、自分の軽率な行動を悔いた。

謝罪を入れて許してはもらえたが、やはり気まずくなって、それから「ゆきうさぎ」に行くことはなくなった。そして一年半が経過したが、喉に小骨が突き刺さったような気持ちが消えることはなかった。

そんなとき、どういうめぐり合わせか今回の特集をまかされたのだ。

『いい機会だし、やってみれば？　場合によってはすっきりするかもしれないよ』

話を持ってきた鳴瀬はそう言って、資料を置いていった。

迷いはしたが、せっかく仕事をもらえたのだからと、双葉は依頼を引き受けることにした。「ゆきうさぎ」は取材拒否かと思ったが、かまわないという。

おそるおそる店に入った双葉を、店主は落ち着いた様子で迎えた。

彼は不機嫌ではなかったが、周囲にただようぎこちなさは感じていた。それでも丁寧に受け答えをしてくれて、取材は順調に進んだ。

『完成した記事、楽しみにしてます』

別れ際の言葉がお世辞なのか本心なのか、双葉にはわからない。

――この記事があの店主の心に届くなら……。

双葉は書きかけの文章をじっと見つめた。

商店街の店主たちは、気むずかしい人もいたが、親切で優しい人も多かった。彼らのほとんどは快《こころよ》く取材に応じ、貴重な話を聞かせてくれた。

昨今はああいった商店街は消えていく一方だが、あそこには大型の商業施設にはないあたたかみがある。人と人とのつながりがしっかり生きていた。

(無くなってほしくないいな……)

彼らの役に立てるような記事を書きたい。読者の興味を引き、商店街に足を運ぶきっかけになってほしい。そして迷惑をかけてしまった「ゆきうさぎ」の店主にも、双葉が担当してよかったと思ってもらえるような特集になれば。

「……よし」

深呼吸をした双葉はケーキを平らげると、気合いを入れて続きにとりかかった。


五月三十日、「ゆきうさぎ」宛てに刷り上がった雑誌が送られてきた。

以前の発売日は月の中旬だったのだが、今年から一日発売に変わっている。依頼が遅かったので先月号には間に合わず、発売はキャンペーンの初日と重なることになった。

閉店後に賄《まかな》いを食べているとき、大樹が封筒を開けて、雑誌を引っぱり出す。

「わ、表紙の見出しも大きい」

「ああ。どんな感じに仕上がったのか……」

大樹が雑誌を広げると、碧はわくわくしながらのぞきこむ。

商店街の特集は冊子のちょうど真ん中あたりに、数ページに渡って掲載されていた。全体の地図も載っていて、どこにどんな店があるのかわかりやすく解説している。

「なんていうか……。にぎやかで何かのテーマパークみたい」

「ごく普通の商店街なのにな」

大樹の表情がほころんだ。レイアウトや構成、カラーイラストや写真の力も相まって、さびれた商店街が活気のある楽しげな場所に見えてくる。

(これがプロの力……!)

「あ、『ゆきうさぎ』のおやき！　写真、きれいに撮れてますよ」

専門のカメラマンが撮ってくれたおやきの写真は、ふたつに割られて中が見えるように並べられていた。角度や光の加減も調整されて、おいしそうに撮影されている。

ナスの肉味噌炒め、きんぴらごぼうに野沢菜、黒あんに林檎とさつまいも。

彩り豊かなおやきは、見ているだけで心がはずんでくる。

「わたしだったらぜんぶ注文しますね。お代わりも」

「タマがお客だったら儲かっただろうな」

双葉の文章に目を通した碧は、大樹の横顔を見ながら言う。

「すごくいい記事ですね。商店街のことも、歴史とか詳しく調べてくれたんだってわかるし、それぞれのお店の特徴も書いてあります」

「そうだな……」

穏やかに微笑む大樹の顔に、負の感情は見当たらない。

わだかまりを完全に消し去ることまではできないかもしれないが、双葉に対する印象が多少なりとも変化したのは間違いなさそうだ。双葉のほうも、完成した記事を読めば、仕事に真摯《しんし》に取り組んでいることがよくわかった。

(双葉さんは覆面調査のとき、このお店に来たんだよね)

碧は憶えていないが、何度か来店したみたいだと大樹が言っていた。経緯はどうあれ好意的な記事を書いてくれたから、「ゆきうさぎ」という店は気に入ったのだと思う。できればまた来てもらいたいけれど——

「タマ」

ふいに呼ばれて、碧は我に返った。雑誌を閉じた大樹がこちらを見ている。

「一日からのキャンペーン、よろしく頼むな」

「はい！」

何はともあれ、商店街で働く者の一員として、キャンペーンを盛り上げていこう。

やる気が湧いてきた碧は、すぐにお代わりのご飯をよそいに行った。


「なあ、ほんっとにやんなきゃいけないわけ?」

「往生際が悪いよ慎二《しんじ》。あんたは選ばれし者なの! 体力あるし身長も高くないし」

「身長のことは言うなー! 自分のほうが三センチ高いからってなんだよ!」

「別にいいじゃん。ケーキと大兄のご飯食べたら伸びたんだよ!」

「——おいおまえら、痴話《ちわ》ゲンカはそのへんにしとけ」

向かい合う星花《せいか》と慎二の間に入った大樹が、あきれたように肩をすくめる。

キャンペーンがはじまって早十日。雑誌の効果か、商店街には普段より多くの買い物客がおとずれていた。もちろん劇的に増えたというわけでもないが、「ゆきうさぎ」にもスタンプラリーのカードを手に来店するお客が多くなってきた。

色とりどりの紐《ひも》つき風船を手にした碧は、外の光が差す格子《こうし》戸に視線を向ける。

「いい天気だし、風船持って練り歩くにはうってつけだね」

少し前から梅雨に入ったものの、今日は湿度も低くて過ごしやすい。

土曜の午前中、ランチ営業のない「ゆきうさぎ」の店内には、碧と大樹をはじめ、星花と慎二、そして商店会の会長が集まっていた。

さきほどから文句を垂れている慎二の首から下は、毒々しいショッキングピンクの着ぐるみスーツ。胸元からお腹《なか》にかけては白くふわふわした毛に覆われていて、この季節は蒸し暑そうだ。頭には汗を吸いとるためのタオルを巻きつけている。

「さあ慎二くん、これをつけて立派な『えにぴょん』になりたまえ」

会長がおごそかに、不気味なうさぎの頭部を慎二に渡した。しぶしぶ受けとった彼は大樹に手伝ってもらいながら、かぶりものをつける。

「………どう？」

「『えにぴょん』、怖っ！」

とたんに星花が噴き出した。慎二はモコモコした手で、星花の頭を軽く小突く。

「悪いねえ。予定していた劇団員の子が急に来られなくなってしまって」

「だからってなんでおれが」

「星花ちゃんが言っていたじゃないか。体力があって身長はそれほど高くない、ちょうどいい生贄《いけにえ》……いやいやヒーローだったんだよきみは」

「ぜんっぜん嬉しくねー……」

がくりと肩を落とす「えにぴょん」——慎二に、碧ははげましの言葉をかける。

「ちゃんとバイト代も出るんだし、お仕事だと思って頑張ろう？」

「頑張るけど……。あー……汗疹《あせも》ができそう」

くぐもった声でもごもごと答えた慎二の右手を、星花がぎゅっと握る。

「さー行くよ。これから可愛《かわい》いお子ちゃまたちに風船配るんだからね」

「雪村さん、それじゃ軽く一周してきますね」

「気をつけてな。昼飯の準備しておくから、動いて腹減らしておけ」

大樹と会長に見送られて、碧たちは「ゆきうさぎ」をあとにした。

店の軒下《のきした》には、武蔵《むさし》と虎次郎《こじろう》がそろって座りこんでいた。着ぐるみ姿の慎二を見上げた武蔵は、フッと鼻で笑うと、おもむろに立ち上がる。どこへ行くのかと思いきや、虎次郎と並んで、碧たちに寄り添うようにして歩きはじめた。

「あたしたちについていきたいの？」

「武蔵と虎次郎なら招き猫になってくれるかも」

通りを歩いていると、大人にはもちろん、子どもたちにも遠巻きにされる。しかし武蔵と虎次郎の姿に気がつくと、「猫だ」と言ってわらわらと集まってきた。

それが呼び水となり、着ぐるみのほうにも勇気ある子どもたちが群がる。

「うわー、なんかへんな顔」

「こういうのは『キモカワイイ』っていうんだよ。お姉ちゃんが言ってた」

「こわいうさぎさん、抱っこしてー」

慎二は乗り気でなかったことが嘘のように、愛想《あいそ》よく手をふったり子どもたちの頭を撫《な》でたりしている。なんだかんだ言って面倒見がよいのだ。

小さな女の子を抱っこして写真を撮ったり、男の子たちに怪獣扱いされて戦いを挑まれたりしながらも、慎二は順調に風船を配っていく。やがて風船がなくなり、店に戻ろうとしたとき、碧の目にひとりの女性の姿が映った。

——あの人は……。

前から歩いてくる彼女は、ラフなパンツスタイルで髪も下ろしていたけれど、双葉に間違いなかった。ぎょっとしたように足を止め、着ぐるみを見つめる彼女に話しかける。

「こんにちは。あの、ライターの双葉さんですよね?」

彼女は「ええ」とうなずくと、どこかなつかしそうな表情になった。

「『ゆきうさぎ』のタマちゃんか」

「え、なぜそれを。雪村さんから聞いたんですか?」

「さあ、どうでしょう? まあ、憶えてないのも無理ないけど」

謎めいた笑みを浮かべた彼女は、ゆっくりと周囲を見回した。

「ちょっとまたここに来たくなって……。キャンペーンの成果も見たかったし」

「そうですか。あ、雑誌の記事、すごくわかりやすくて素敵でした」

双葉は「ありがとう」と微笑んだ。プライベートな時間の彼女は、スーツ姿でびしっとしていた仕事時よりも、だいぶ雰囲気がやわらかい。

「このまえ来たときはまばらだったけど、お客さん増えたみたいね」

「はい。ほんとはキャンペーンとか関係なしに、いつもこれくらいにぎわってくれたら嬉しいんですけど」

「はじめて来てくれた人もいるだろうから、その人たちが固定客になるといいね」

そんなことを話しながら歩いていると、「ゆきうさぎ」が近づいてきた。

店の外壁に寄りかかり、一服していた大樹が顔を向ける。

「お、戻ってきた――」

言い終わる前に双葉の姿に気がついて、言葉がしぼむ。大樹は無言で、携帯灰皿に煙草《たばこ》を押しつけた。双葉のほうも、困ったように視線を泳がせる。

お互いどう反応すればいいのかわからないようで、気まずい沈黙が流れる。

(気まずさは減ったはずだし、あとは話すきっかけがあれば……)

碧が口を開きかけたときだった。

背後から、こちらに向かって駆けてくる靴音。双葉の横を誰かが一瞬で通り過ぎ、つむじ風が巻き起こる。

「あっ!?」

すぐ近くで、悲鳴まじりの声が聞こえた。そして走り去っていく誰かの背中――

「ひったくりだ！」

着ぐるみ姿の慎二が足を踏み出した。隣を見れば、よろめいた双葉がぼうぜんとしている。小さな手提げバッグを持っていたはずなのに、それがない。

逃走する犯人を、大樹と慎二がすかさず追いかけた。

本来は慎二のほうが俊足だが、重たいかぶりものをつけているせいでスピードが出ない。よたよた走る彼を、大樹があっという間に引き離していく。しかし犯人の足が速いのか、なかなか距離が縮まらない。

(逃げられちゃう！)

碧がこぶしを握りしめたとき、大樹と並走していた武蔵が跳躍した。

犯人の足に飛びつくと、「うわっ」という声があがる。しがみつかれてバランスを崩し、転倒した犯人を、追いついた大樹が取り押さえた。

「やった！」

星花がガッツポーズをした。遅れて駆けつけた慎二も、暴れる犯人を大樹と協力して押さえつける。着ぐるみの迫力に恐れをなしたのか、犯人はやがておとなしくなった。

「タマさん、ケーサツ！　通報しなきゃ！」

「あ、そうだ！」

猫と人間のあざやかな連携プレーに見入っていた碧は、あわててスマホをとり出した。

「このたびは本当にありがとうございました」

「あれは武蔵のおかげですよ」

双葉が深々と頭を下げると、大樹はそう言って微笑んだ。

大樹たちが確保したひったくり犯は、碧が呼んだ交番勤務の警察官に引き渡された。なんでも最近、このあたりに出没していたらしく、数人の女性が被害に遭っていたそうだ。犯人はまだ若い男で、力のない女性を狙っていたというのだから腹立たしい。

大樹と慎二、そして双葉は事情聴取を受けたあとに解放された。彼女のバッグは無事に本人の手に戻り、事なきを得たのだった。

その日の夜、「ゆきうさぎ」が営業をはじめて間もなく、双葉がお礼のために店をおとずれた。大樹は彼女をカウンター席に案内して、現在に至っている。

(雪村さんもカッコよかったけど、武蔵もすごかったなあ)

碧は勇敢に犯人に飛びついていった武蔵の姿を思い出す。大樹はあのあと、雪村家の庭にやってきた武蔵と虎次郎に、「ご褒美《ほうび》」と言っていつもより高級な猫缶と魚の切り身をごちそうしていた。

「何か食べたいものとかありますか？　これお品書きです」

大樹が渡したお品書きを開いた双葉は、少し考えてから注文する。

「だし巻き玉子、いいですか？　このまえ桜屋のご主人と話したら食べたくなって」

「わかりました。お品書きにないものでも、食材があったらつくりますよ」

目をしばたたかせた双葉は、「それなら……」と遠慮がちに言う。

「限定販売のおやきがあったら、いただきたいんです。ランチタイムだけだって聞いてますけど、撮影のときに試食したらおいしかったので」

「準備に少し時間がかかりますけど、それでよければ。何味にします？」

「ナスの肉味噌炒めと、林檎とさつまいもをお願いします」

はいと答えた大樹は碧に目を向けた。何を言いたいのかは、表情を見ればわかる。

「わたしはおやきの準備をすればいいんですよね?」

「さすがだな。頼む」

視線を合わせて微笑みをかわすと、大樹はさっそくだし巻き玉子をつくりはじめる。

その間に、碧は厨房の冷凍庫に保存してあったおやきの生地をとり出した。

中力粉とベーキングパウダー、少量の砂糖とぬるま湯を混ぜてこねてから寝かせておいたものだ。同じように具材も冷凍されていて、どちらも解凍する。

(ナスの肉味噌炒め、林檎とさつまいも……)

肉味噌炒めは通常よりも小さめに切り分けたナスと鶏ひき肉に、味噌と調味料、そして青唐辛子《あおとうがらし》を加えて炒めた一品。舌にぴりっとくる辛さがアクセントになって、油を吸ったとろとろのナスとひき肉の旨味《うまみ》をほどよく引き立てる。

砂糖で甘く煮詰めた林檎は、ふかしたさつまいもと無塩バター、そして新鮮な牛乳でなめらかにしたペーストと混ぜ合わせ、もったりとしたクリーム状に仕上げていた。ほのかにシナモンがきいていて、風味豊かな味わいだ。

打ち粉を手につけた碧は、やわらかいおやきの皮を手のひらで伸ばし、中央に具を載せて外側から優しく包みこんでいった。フライパンに油を引いて表面に焼き色をつけ、せいろでふっくら蒸し上げる。

粗熱をとったおやきはお皿に載せて、双葉のもとに運んだ。

「お待たせしました。おやきです」

だし巻き玉子に舌鼓《したつづみ》を打っていた双葉は、湯気の立つおやきを見て表情をゆるめた。

「うわあ……もしかして蒸したて？」

「はい。完成品も冷凍してあるんですけど、できたてを召し上がってほしくて。これがナスの肉味噌炒めで、こっちが林檎とさつまいもです」

「ありがとう。いただきます」

熱々のおやきにかぶりついた双葉は、「おいしい！」と花が咲いたように笑う。

「実は私、実家が長野にあって。おやきはうちの祖母がよくつくってくれたんだけど、上京してからは食べる機会があまりなかったな」

「そうだったんですか」

「うん。だからすごくなつかしい」

(双葉さん、嬉しそう。よかった……)

自分のつくった料理を口にした人が、おいしいとよろこんでくれる。その幸せそうな顔を見たいがために、大樹と碧は心をこめて料理をしているのだ。

おやきを食べ終え、食後のお茶を飲み干した双葉が、ふいに表情をあらためた。

「雪村さん」

視線を向けた大樹に、双葉はまたしても深く頭を下げる。

「前の記事を書いたときは、勝手なことをして申しわけありませんでした」

「いや、それはもういいんですよ。何度もあやまってもらったし……」

「これで最後にします。私、この一年半ずっと引っかかっていて。気まずくてこのお店にも近づけずにいたんですけど」

顔を上げた双葉は、大樹をまっすぐ見据えた。

「私、また『ゆきうさぎ』に来たいです。ここでまた、雪村さんたちがつくったおいしいご飯を食べたい。それでもいいでしょうか」

まばたきした大樹はすぐに、口の端を上げる。

「もちろんです。ここで美味いもの食べて力をつけて、これからもいい記事を書き続けてください」

「ありがとうございます……！」

気まずさは感じられない、穏やかな大樹の言葉。双葉の顔がほころんだ。

ふたりの間にあったわだかまりが完全に消えたことを悟り、碧の心も軽くなる。

「ゆきうさぎ」の常連が、またひとり増えた瞬間だった。

終章

現在《いま》のある日の店仕舞い

七月七日、二十二時五十分。

閉店まぎわの「ゆきうさぎ」は、がらんとしていて静かだった。残っているお客は、カウンター席で冷酒が入ったグラスをかたむけている蓮《れん》だけだ。

「外、曇ってるから星見えないね。七夕《たなばた》なのに」

「まだ梅雨《つゆ》だし、毎年こんなもんだろ」

むしろ天気のよい年のほうがめずらしい。大樹《だいき》は洗い終えた食器を拭《ふ》きながら、カウンターの隅《すみ》に置いてあるレジに目を向けた。

そこには碧《あおい》がどこからか手に入れてきた、ミニサイズの笹《ささ》が置いてある。

空いている時間に菜穂《なほ》と一緒になって、楽しそうに飾りつけをしていたものだ。クリスマスのときも小さなツリーを飾っていたが、ひと目で季節を感じることができるので、こういったイベントに乗るのも悪くはないと思う。

一枚だけ下げられた短冊には、碧の字で願いごとがひとつ。


『「ゆきうさぎ」がこれからも、お客さんたちの心のよりどころでありますように』

彼女らしい願いごとに、心がじんわりあたたかくなった。

「そういえば、先月にキャンペーンやってたんだよね。俺は仕事が忙しくてこっちに来れなかったけど……。『ゆきうさぎ』の成果はどうだった？」

「例年よりもだいぶ伸びたぞ。おやきが思ってた以上に好評で」

「ああ、限定で売ってたんだっけ？　いいなあ。俺も食べたかった」

「続けてほしいって声もあったから、ちょっと考えてる」

冬のおでんや、今月からはじめたかき氷のように、季節限定で販売してもいいかもしれない。もし実現させるなら、今度はもっと時間をかけて研究しよう。新しいメニューを考えるときは、いつも心が高揚する。

キャンペーン期間中は商店街全体の売り上げも上昇して、ひとまずは成功と言えた。昔のような活気が戻ってくるのかはわからないが、できる限り協力していきたい。それはきっと、亡き祖母の願いでもあるから。

「桜屋《さくらや》の売り上げも上々だってさ。これなら俺が戻らなくても、両親と星花《せいか》だけで立派にやっていけるんじゃないかな」

「……？」

含みのある言い方が引っかかった。蓮は空になったグラスを掲げる。

「ミケさん、最後にもう一杯」

「今夜はやけに飲みますねえ……。ラストオーダー終わってるんですけど」

あきれたように言いながらも、菜穂は蓮のグラスにお代わりの冷酒を注いでいく。

その様子を大樹の隣で見つめていた碧が、不思議そうに首をかしげた。

「蓮さん、どうかしました？　いつもとちょっと違いますね」

「え？」

「悩みごとでもあるんですか？　何か考えてるように見えるから」

「いや……その、うーん……」

蓮はグラスをもてあそびながら、困ったようにうなる。悩んでいるのは間違いないが、それをいまここで言ってもいいのかと思っている顔だ。

「別に誰かに話したりしませんよ？」

「ここはひとつ、私たちにぶちまけてスッキリしましょう。さあどうぞ」

菜穂に押し切られた蓮は、だいぶ迷った末に「実は」と口を開く。

「パリで修業してたときにお世話になった先輩が、独立してロンドンで新しい店を開くみたいでさ。俺も一緒にやらないかって誘われてて」

「えっ……」

蓮の言葉に、碧と菜穂はもちろん、大樹も大きく目を見開いた。

「おまえ、どうするか決めたのか？」

「まだ時間があるし、俺の意思にまかせるっていうから、返事はしばらく保留にしてもらってる。すごくいい先輩だから協力したい気持ちもあるけど……」

「そうか……。大事なことだ。迂闊《うかつ》に答えは出せないよな」

「うん。いまの店や実家のこともあるし、もう少し考えてから決めるつもり」

彼はそこで言葉を切り、その話はひとまず終わった。それから間もなくして二十三時になり、蓮は代金を支払って自分のマンションへ帰っていく。

「閉店だな」

「今日はわりとお客さん多かったですね」

碧が暖簾《のれん》を取りこみに行き、菜穂は店内の片づけをはじめる。賄《まかな》いの用意をはじめた大樹は、冷蔵庫に残っていた野菜の切れ端を刻み、炊飯器のご飯と卵を合わせて中華鍋で炒《いた》めていった。隠し味にフライドオニオンを入れて、ぱらっとした食感に仕上げる。

三人で座卓を囲み、大樹がつくった炒飯《チャーハン》を食べていると、ふいに菜穂が手を止めた。

「蓮さん、どうするんでしょうね？」

「わからないけど、あいつが決めたことなら応援する。いずれは桜屋に戻るつもりらしいけど、いますぐってわけでもないし。跡継ぎなら星花がいるしな」

蓮が帰国してから、すでに二年。売り上げが下がり続けていた桜屋は危機を脱して、星花という後継者もできた。ここで蓮が新しい道を模索しても、桜屋の主人や星花が反発することはないと思う。

どんなに大事で、どれだけ居心地がよくても、永遠に変わらないものは存在しない。常連たちが愛してくれる「ゆきうさぎ」も、女将《おかみ》が亡くなり大樹が引き継ぎ、碧や菜穂が働きはじめて……常に変わり続けているのだ。

そしてきっと、これからも変化を遂げていくのだろう。

——たとえば一年後、そして二年後。

(こうやって一緒に賄いを食べるのは、タマとミケさんじゃなくなってるかもしれない)

そう思うとやはりさびしくなって、大樹は自分の想像を打ち払った。

食事を終えて片づけをしてから、碧と菜穂は帰り支度をはじめる。

三人で外に出ると、雨は降っていなかったものの、空は曇っていた。晴れていたとしても、はっきりと天の川《あまがわ》が見えるわけでもないのだけれど。

「私は原付があるので、大樹さんはタマさんを送っていってあげてください」

少し前に免許をとったという菜穂は、そう言ってヘルメットをかぶった。知り合いから譲り受けたという中古のスクーターにまたがって、颯爽《さっそう》と去っていく。

「――それじゃタマ、行くか」

「はい」

碧は大学から直接来たので、自転車には乗っていない。大樹と碧はいつものように、並んで住宅街に向かって歩きはじめた。

「タマはもうすぐ夏休みだな」

「そのまえに試験がありますけどね。ひとり厳しい先生がいて、気を抜くと容赦《ようしゃ》なく落とされるから大変なんですよー」

何気ない話をしながら歩いていたとき、頰《ほお》に冷たい何かがあたる。

空を見上げれば、いつの間にか雨が降りはじめていた。ひんやりとした雨粒が、大樹のシャツを濡らしていく。

「傘、持ってくればよかったな」

「折りたたみならありますよ。ちょっと待ってくださいね」

碧はバッグの中から傘をとり出すと、骨をととのえてぱっと広げた。暗い空に、明るい水色の傘の花が咲く。

大樹は碧の手からひょいと傘を取り上げて、彼女の頭上に差した。

「用意がよくて助かった。行くか」

「え、あ、えーと……」

「俺が持ったほうがいいだろ。タマより背、高いし」

目を白黒させていた碧は、やがてこくりとうなずいた。彼女が濡れないよう傘の角度に注意しながら、大樹はふたたび歩きはじめる。

「あ、また……。ごめんなさい」

「いいって。気にすんな」

幅の狭い傘だから、ふとした拍子に碧の肩が触れる。そのたび彼女はおもしろいほどうろたえていたが、あやまられるようなことなど何もされていない。かわす言葉は少なく沈黙のほうが多かったが、それを苦だとは感じなかった。

静かな雨の音だけが聞こえてくる、少しくすぐったい、ほんのひととき。

こんな優しい沈黙も悪くないと思ったのは、果たして自分だけなのだろうか。

もしかしたら――
自分が気づいていなかっただけで、変化はゆっくりと、しかし確実に進んでいるのかもしれなかった。

小料理屋「ゆきうさぎ」
特製レシピ

牛肉のしぐれ煮

材料（4人分）

牛切り落とし肉……200g
ごぼう……1本
しょうが……20g

ゴマ油……大さじ1
水……大さじ2
酒……大さじ1
砂糖……大さじ2
みりん……大さじ1
醤油……大さじ1

① ごぼうをよく洗い、包丁の刃で皮をこそぎとり、ささがきにする。ピーラーを使ってもよい。たっぷりの水にさらし、水が茶色くなったら2、3回変える。
② しょうがは千切りにする。
③ 牛肉は大きければひと口大に切る。
④ フライパンにゴマ油を熱してしょうがを炒め、ごぼうを加えてしんなりとかさが減るまで炒め、別皿にあける。
⑤ そのままのフライパンに、水、砂糖、酒を入れ、中火にかける。煮立ったら牛肉を加え、火が通って白っぽくなったら別皿にあける。
⑥ 残った汁にみりんを加え、④のごぼうを入れて煮る。
⑦ 味がしみてきたら牛肉を戻し、醤油を加え、好みの濃さまで煮詰める。

牛肉を煮すぎないように注意！
甘辛い味の場合、まず砂糖、みりんで甘く煮てから醤油を加えるのがコツ。
好みで七味やゴマ、有馬山椒などを加えてもよい。

小料理屋「ゆきうさぎ」
特製レシピ

おやき

皮の作り方

材料（16個分）
★薄力粉・・・・・・・・200g
★強力粉・・・・・・・・200g
★ベーキングパウダー・・・大さじ1
★砂糖・・・・・・・・・・・50g
水・・・・・・・・150〜200ml

① 大きめのボウルに★をすべて合わせ、水を半分（100ml）入れてこねる。
② 様子を見ながら、水を少しずつ加え、その都度よくこねて、耳たぶくらいの固さになるまで水を入れる。（200ml使わない場合もあり。柔らかくなりすぎないよう注意して少しずつ入れる。入れすぎた場合は、薄力粉と強力粉を半々に混ぜた粉を加え調節を）
③ なめらかになるまでよくこねて、ふたつに分け、ラップに包んで1時間以上寝かせる。（ひと晩おいてもよい）
④ その間に具を作る。

おやきの作り方

❶ 皮を16等分（約40g）にし、具はそれぞれ8等分にする。
❷ 皮を直径15cmほどの円に延ばし、中央に具をのせて包み、丸く整え、天地を平らにする。
❸ フライパンにサラダ油（分量外）をひき、❷の両面にこんがりと焼き目をつける。
❹ ❸を蒸し器で10分蒸す。